プリンスの甘い罠

ルーシー・モンロー 作

青海まこ 訳

ハーレクイン・ロマンス

東京・ロンドン・トロント・パリ・ニューヨーク・アムステルダム
ハンブルク・ストックホルム・ミラノ・シドニー・マドリッド・ワルシャワ
ブダペスト・リオデジャネイロ・ルクセンブルク・フリブール・ムンバイ

THE PRINCE'S VIRGIN WIFE

by Lucy Monroe

Published by Harlequin Japan, a Division of K.K. HarperCollins Japan, 2024

ルーシー・モンロー

アメリカ、オレゴン州出身。2005年デビュー作『許されない口づけ』で、たちまち人気作家の仲間入りを果たす。愛はほかのどんな感情よりも強く、苦しみを克服して幸福を見いだす力をくれるという信念のもとに執筆している。13歳のときからロマンス小説の大ファン。大学在学中に“生涯でいちばん素敵な男性”と知り合って結婚した。18歳の夏に家族で訪れたヨーロッパが忘れられず、今も時間があれば旅行を楽しんでいる。

主要登場人物

マギー・トムソン……ナニー。

トマソ・スコルソリーニ……プリンス。実業家。かつてトム・プリンスと自称。

ジャンフランコ……トマソの息子。愛称ジャンニ。

アンナマリア……トマソの娘。愛称アンナ。

リアナ……トマソの亡妻。

ビンセント国王……トマソの父。

クラウディオ……トマソの兄。皇太子。

テレーザ……クラウディオの妻。皇太子妃。

1

「それで、彼女を雇えることになったんですか？」

〝王家の島々〟という意味の名の島国、イゾレ・デイ・レのプリンス・トマソ・スコルソリーニは、香《ホン》港《コン》のホテルのスイートルームを行ったり来たりしていた。携帯電話を耳に押しあて、いらだちを抑えかねる様子で返事を待つ。獲物は餌《えさ》に飛びついただろうか。

「彼女は約束どおり面接のために宮殿へ来たわ。とてもよさそうな人ね」電話から聞こえてくる兄嫁テレーザの声には、称賛の響きがあった。「優しくて子供の扱いも上手みたい。彼女なら理想的よ。でも仕事を引き受けてくれるかどうか、最初は私も確信が持てなかったの」

「なぜ？」マギー・トムソンが忠誠心に悩まされないよう、トマソは手を打ったのだった。今の雇主にマギーを解雇させ、トマソの屋敷での仕事を提供したのだ。

「彼女は二年後に辞めるとき、ジャンフランコとアンナマリアに与える影響を案じているの。リアナが亡くなったから、なおさら心配なのね」

「二年後？　彼女は辞めるつもりだと？」

「ミス・トムソンには、資金を貯《た》めて保育所を開く計画があるみたい」

　すると彼女は夢を持ちつづけていたのだ。トマソは別に驚きもしなかった。彼同様、マギーには頑固なところがある。「彼女にどう言ったんです？」

「あなたの助言どおり、ジャンニとアンナに会わせたら、あの子たちはすぐにミス・トムソンになついたし、彼女のほうも子供たちのとりこになったわ。

アンナはひどくはにかみ屋なのに、面接が終わるころにはミス・トムソンの膝の上に座っていたんだから。あんなところを見たのは初めて」テレーザは考えをまとめるように言葉を切った。「妙に聞こえるでしょうけど、子供たちにとってミス・トムソンは、まるで音信不通になっていた母親みたいだった……三人の絆《きずな》はそれくらい強いのよ」

　わざわざ言うまでもない。子供たちと実の母親リアナとの結びつきが希薄だったことは。リアナは育児に熱心でなかったのだ。

「それはよかった」トマソは心から言った。

「二年間の契約を結んでくれたら、ミス・トムソンが事業を始める足しになるよう、契約期間の終わりに相当のボーナスをはずむと言っておいたわ」

「それが効を奏したのかな？」

「最初のうちは、子供たちに対する不安が薄れなかったみたい。でも、雇人の契約期間として二年は長い、ほかの人より好条件だと説明したの」

　トマソには、マギー・トムソンを二年後に手放すつもりなどなかった。だが、テレーザにそれを教える必要もない。「みごとなお手並みだ。で、彼女は承諾したんですか？」

「ええ」

「よかった」どっと満足感が押し寄せる。「ありがとう、テレーザ」

「どういたしまして、トマソ」

「イゾレ・デイ・レに戻ったら会おうと、クラウディオに伝えてください」

「あなたのほうが私より先に彼と会うかもしれないわね」義姉の口調はどこかおかしかった。

「テレーザ、何か気になることでも？」

「いいえ。ミス・トムソンはあなたが言ったとおり、すぐに仕事を始めてくれそうだわ」

「それはよかった」

「ええ。でも、子供たちがいなくなると思うと寂しくて」

その点は考えていなかった。「申し訳ない」

「気にしないで。あの子たちにはちゃんと面倒を見てくれる人が必要ですもの。あなたがこの宮殿に住むならともかく、別の島に家があるんですものね。私は母親代わりになれないわ」

「マギー・トムソンならうまくやれると？」

「どっちみち、二年間だけだから」

いや、これから一生かもしれない。すべて計画どおりに運べばだが。「もう一度お礼を言います」

電話を切ったトマソはほほ笑んだ。

何もかもいい方向に進んでいる。計画を立てて成果をあげるのはお手のものだ。〈スコルソリーニ採鉱・宝石加工〉と名づけた会社もそうやって申し分なく経営してきた。

どうやら子供たちとマギーは、ひと目でお互いが気に入ったようだ。さらに重要なのは、大学時代と変わらずマギーが優しく女性らしいという点だった。ホーク探偵事務所が彼女について調べた報告書を読んでいたので、さほど性格が変わったとは思わなかったが。

マギーは有能で、家庭的な環境を愛し、一緒にいて心が休まる女性だと前の雇主は言ったらしい。どれもかつてのトマソなら感銘を受けなかった性格だ。彼が惹《ひ》かれるのは外見の美しい女性で、マギーの存在が自分にとってどれほど大きいか理解していなかった……彼女がいなくなるまで。

マギーが家政婦をしてくれていたとき、トマソは順調な生活を当然だと思っていた。リアナとの四年にわたる不安定な結婚生活を経験して、自分がいかに何も見ていなかったか、気づいたのだ。

リアナの死から一年間、トマソは再婚など考えられなかった。同じ失敗はしたくない。だが、父のようになるのもいやだ。兄のクラウディオが優しくて穏やかなテレーザとの結婚で手にしている安らぎを、トマソはこの数カ月、求めていた。

　そうした円満な結婚生活を想像するたびに浮かぶ女性は、ただひとり。マギー・トムソンだ。忘れずに朝食をとってくださいね、と出がけに注意された優しい声を思い出す。トマソがなんの支障もなく暮らせるよう、懸命に働いていた彼女の手も。

　あんな落ち着いた生活をとり戻したい。だが、今度は彼女を失うような過ちは犯せない。

　かつてマギーはトマソの前から去っていった。ふたりの関係は仕事上のものにすぎないと言って。その見えすいた嘘《うそ》を、トマソはふたつの理由から受け入れた。ひとつには、故意ではなかったものの、自分がマギーを傷つけたと知っていたからだ。彼を人生から消し去りたいという彼女の意思を尊重する義務があると感じたのだ。

　ふたつ目は、トマソとマギーの関係をリアナが勘ぐったせいだ。当時の彼は理不尽な嫉妬《しっと》がうれしかった。愛されている証拠だと思った。そんなことを、信じるほど愚かだった自分が腹立たしい。

　リアナが愛していたのは……彼女自身だけだった。

　トマソはリアナにとって望みの生活を手に入れる手段にすぎなかった。プリンスと結婚して、プリンセスになること。僕がプリンスだとわかったら、マギーの態度は変わっただろうか？

　世間の人たちは態度を変えた。だから彼はトム・プリンスという偽名を使い、正体を隠して大学に通ったのだ。身分ではなく、人格によって判断される交際を望み、一族の名前に寄りかからず、自力で成功できることを証明したかった。それは実証できた。実力で優等賞を獲得し、卒業したのだ。しかし、人間関係のほうは話が別だった。

　トマソは気づかなかったが、リアナは彼が王族の人間だと最初から知っていたようだ。

王族の血が流れていると知ったら、マギーもリアナのように僕を求めただろうか？

そんなことはどうでもいい。僕は彼女を妻にしたい、子供たちの母親になってもらいたい。昔のままのマギーなら、僕と結婚する理由など問題にならないだろう。

とはいえ、彼も六年前の記憶に頼って終生の誓いを交わすつもりはなかった。子供の世話係として雇えば、マギーを観察する機会ができる。覚えていたとおりの女性だと確信したら、妻になってくれと言おう。自分たちのあいだにあった隠れた情熱が消えていないことも確かめたい。思い出すと焼けつきそうになるほど強烈な情熱。

欲望をそそられない妻はお断りだ。妻以外の女性に性的な慰めを求める父のようにはなりたくない。そんな行為は非難されて当然だ。父もそう思ったのだろう。だから、最初の妻の死後、再婚に失敗したあと、二度と結婚しなかったのだ。

父のビンセント国王はスコルソリーニ家の呪《のろ》いと呼ぶ。スコルソリーニ家の男は真実の恋を一度しかしない運命だと。王にとって、クラウディオとトマソの母親がその相手だった。彼女が亡くなってからは、どんな女性も王の関心をつなぎ止められなかった。国王が再婚したのは、王妃が世を去ってわずか数カ月後だったが、それはマルチェッロの母親となった女性、フラビアが妊娠したせいだ。

出産後に王の浮気が発覚すると、フラビアは夫の裏切りが許せず、幼いマルチェッロを連れてイタリアへ帰り、思いがけないことに離婚を申請した。それ以来、王は次々と愛人を作ってきた。

トマソにとっては運命などどうでもよかった。愛する伴侶《はんりょ》に死なれたあと、決して満たされない空白を埋めるためにむなしく相手を探しまわる父のようになるのだけはいやだ。

自分が父と違うことは知っている。うわべだけの情熱しかなくても、妻には忠実でいられる。それがリアナとの関係だった。結婚したときは、リアナこそ心から愛する女性だと思ったが、そうでないことにまもなく気づいた。それでも彼は妻を裏切らなかった。結婚生活にいろいろと問題が起こり、愛だと信じていたものが、彼女の外見の美しさに惑わされた結果にすぎなかったとわかったときでさえ。

尊敬できる女性と結婚すれば、夫として誠実であると誓うのもはるかに簡単じゃないか？　たとえその相手を愛していなくても。

「パパはもうすぐ帰ってくるの？」

マギーはほほ笑み、子供用ベッドにアンナマリアを寝かしつけた。「そうよ。あと二日でね」

「パパに会いたい」

「そうね」マギーは少女の顔にかかる黒い巻き毛を払い、身をかがめて額にキスをした。「おやすみなさい、アンナ」

ジャンフランコの部屋をもう一度のぞくと、少年は眠っていた。ようやく寝たらしい。レースカーの形をしたベッドにはアンナの部屋の常夜灯と同じく、小さな明かりがともっている。

五歳にしては背が高いので、まもなく大きなベッドが必要になるだろう。そんな心配は自分の担当外かもしれない。だが、家を留守にしている雇主にききたいことは山ほどある。なかでも、使用人たちがマギーに、子守り《ナニー》ではなく家をとり仕切る家政婦にでも対するような態度をとる理由をききたかった。

以前の家庭とはまるで待遇が違うけれど、今は王家に仕えているのだから、家の切り盛りに独自のやり方があっても不思議はない。奇妙な感じだが、ほかの使用人から敬意を払われるのは悪い気分ではなかった。プリンスの子供を託されているという重大な使命感も。

マギーはジャンフランコの部屋のドアを閉めた。今夜はぐっすり眠ってくれるといいけれど。いつもと違って父親から電話がなかったので、子供たちを寝かしつけるのは大変だった。ジャンニとアンナはマギーを求めている。彼らはまだ幼いうちに母親を亡くしたのだから、無理もない話だ。けれど、早くもふたりへの深い愛情を感じていることにマギーは驚いた。

わが子でもないのに、これほど強い感情をいだくとは。しかし会ったとたん、マギーは子供たちとの本能的なつながりを感じた。ナニーの仕事はプリンスが義理の姉を通じて依頼してきたものだ。マギーは断るつもりでいたが、自分を求める気持ちが伝わってくる子供たちをほうっておけず、二年契約を承諾した。でも、期間が終了したときに子供たちと別れられるだろうかと早くも疑問を感じていた。彼らのナニーになってまだ十日なのに、長年ここで働いてきた気がする。

マギー自身は何人かの里親のもとで成長し、大学時代はさまざまなルームメイトと暮らしてきた。それから、ナニーとしてふたつの家族と生活をともにしたが、これほどまでに強い絆をすぐさま感じたことはなかった。

トム・プリンスとの絆を除けば。

彼との関係はマギーにとってつらいものに終わった。この仕事もそうなりそうだ。

マギーの見たところ、仕事中毒《ワーカホリック》の父親が不在がちなため、アンナもジャンニもしょっちゅう寂しい思いをしているらしい。だが、プリンスはそう悪い人ではなさそうだ。こんなにかわいい子供たちに恵まれ、思いやりがある義姉にも認められている。

それに、プリンスは子供をなおざりにしているわけでもない。彼は毎日、わが子に電話をかけてくる。そして子供相手に話すときにふさわしい話し方をする。仕事に没頭しているわりに、プリンスはしごくまともな父親のようだ。

前の雇主も似たような状況だった。裕福な人にとっては当たり前なのだろう。マギーが勤めていた二年間で、雇主が子供たちと長い休暇を過ごしたのは片手で数えられるほどしかなかった。そういう暮らしをマギーはうらやましいと思わない。たとえ贅沢《ぜいたく》な家に住んで遠くまで旅行ができても。

大学卒業後、移り住んださまざまな土地で出会ったどの男性にも、マギーは精神的なつながりを感じなかった。結婚するなら、家族の一員になるのがどんなことか知っている人がいい。家族を養うだけの男性ではなく。本物で長続きする、温かい関係が理想だ。子供時代に夢見たような家庭が。

マギーはため息をつき、自分の居間にある優美なビクトリア朝風の小さなソファに腰を下ろした。二十六歳の今、人生をともにしたい男性に出会えるかどうか、疑問になってきた。出会えなければ子供も持てないという思いのほうがもっとつらい。

彼女はリモコンをつかんでテレビをつけた。

ここにいるかぎり、結婚したい相手には出会えそうもない。プリンセス・テレーザのことは好きだけれど、夫の皇太子も弟のように仕事人間らしい。

マギーはチャンネルを次々に変えた。大好きな映画をやっている。四〇年代のロマンス映画だ。最後まで見ると深夜になるけれど、かまわない。主役の男優はいつも彼女にある男性を思い出させた。見ているだけで天にも昇る心地になり、体が燃えるように熱くなる。

あいにくスクリーン上の男優同様、トム・プリンスも別の女性と結婚した。美しく洗練されたセクシーな女性と。その場に登場したとたん、あらゆる男性の注目を集めずにはおかないタイプの女性だった。自分がそうなれる可能性はない。

トムは大学時代の雇主で、ある意味、同居人とも言えた。最近、よく彼のことを考える。ジャンニとアンナの何かが、トムや彼にかきたてられた感情をよみがえらせるのだ。

トムの夢も見る……官能的な夢を。六年前の運命の夜、彼の腕のなかで感じた興奮を思い出す。どうしてよみがえるのかわからないが、それだけになおさらたまらない。

リアナの出現によってトムを失い、彼なしで生きていくすべを学んだのは、マギーにとってつらい体験だった。またしてもそうした気持ちに引き戻されようとしている。理由は説明できないけれど。

過去や当時の苦悩は考えまいと決心し、マギーは映画に集中しようとした。だが、今夜だけはお気に入りの恋愛映画にものめりこめなかった。やがて彼女の思いは、どんなに抑えようとしても浮かんでくるあの日に舞い戻っていった……。

マギーは両手でそわそわとスカートのしわを伸ばした。ふだんの格好で面接に来るよう手紙に書かれていたが、相手に好印象を与えたかった。

十八歳という年齢より大人に見られたくて、彼女は長いブロンドの髪をアップにした。淡黄色の綾《あや》織りの長いスカートと簡素な白いブラウスは去年、古着屋で買い、ウエイトレスのアルバイトをしたときに着ていたものだ。

白いサンダルについていた小さな傷も、すべてきれいにこすりとった。夏のあいだ芝刈りをして、養母に買ってもらったものだった。爪は清潔だが、マニキュアはほどこしていない。かすかにそばかすが浮いた平凡な顔には化粧気もない。それでよかったのだ。口紅をつけても、不安のあまり下唇を噛《か》むせいで、今ごろはとれていたはずだから。マギーにはこの仕事が必要だった。給与は高くない分、住み込みなので、家賃をまかなうためにもうひとつ仕事を見つける必要もなく、それだけ勉強に時間を割ける。

　呼び鈴を押したマギーはあわててあとずさった。ドアが開いて現れたのは、想像していたよりはるかに若い男性だった。それどころか、彼女とさほど年齢が変わらないようだ。黒い髪、ミケランジェロの彫刻のような顔、天使も顔負けの青い瞳。目の前にそびえる体はみごとに鍛えられている。おまけにとびきり魅力的だ。

「ここはきっと……どうやら間違えたみたい」マギーは相手の体から目をそらし、並木道に立つほかの家を眺めた。番地を間違えたのかしら。彼女はバッグから紙をとりだし、目立つように書かれた住所を見た。開かれたドアの横の番地と同じだ。

「家政婦の件かな？」長身で浅黒く魅力的な男性の声に、マギーの胃は宙返りを打った。

「ええ……そうです」

　男性は重々しい表情でマギーを上から下まで眺めた。「もっと年上の人かと思った」

「私も」

「自分がもっと老けていると思ったのか？」青い目が楽しそうに輝く。

「あなたがもっと老けているかと思った、ということです」マギーは真っ赤になって訂正した。

　彼は後ろに下がり、なかに入るよう身ぶりで示した。「僕はトム・プリンス。きみはマギー・トムソンだね？」

「ええ。はじめまして、ミスター・プリンス」

「トムでいいよ」

「わかりました」マギーは彼のあとから居間に入った。

「家事の経験はあるのかい？」ガラスの天板のコーヒーテーブルをはさんで座ると、さっそくトムはきりだした。

　里親の家にいた兄弟や病気の養母の世話をしてきたこの何年かを思い出し、マギーは力をこめてうなずいた。「ええ、たっぷり」相手が求めている具体的な答えでないと気づき、ここ数年の経験について説明した。

　トムは奇妙な表情をしている。「すると、きみは家事をして、子供たちや里親の面倒を見ながら、アルバイトもしていたのか？」

「一度にいろんなことをするのは得意なんです」

「それで、十八歳になったから家を出たと？」

「十八歳になれば、私の生活費の補助が出なくなるので、ヘレンにしてみれば出ていってもらいたいと思うのも無理ないわ。そうすれば、また別の里子を引きとれるから」

　あれほど尽くしても、自分は養母にとって国からもらえる補助金以上の存在ではなかったとわかって、マギーは傷ついた。それをトムに告げるつもりはないけれど。

　しかし洞察力の鋭いトムの目は、マギーが言葉にしなかったことまで読みとっていた。だが、彼はこう尋ねただけだった。「給料は安いけど、それでもかまわないかな？」

「はい。実を言うと、この仕事は天の恵みなんです。奨学金では家賃がまかなえませんから」

「奨学金をもらって大学に通おうと？」

「ええ」

「そうか。頭がいいんだろうな」

　マギーは肩をすくめた。頭がいいのは生まれつきだと思ってきた。並の生徒より賢くなければ、高校を辞めるはめになっただろう。アルバイトと里親のもとで手伝いの合間に勉強する時間は、充分とは言えなかったから。「学校が好きなの」

「専攻は？」

「幼児期の発育」

彼女の専攻を笑う人は多いが、トムは笑わなかった。子供を世話するための学位をとりに大学へ行くことを滑稽《こっけい》だと思う人はなぜか多い。

「何をしたいんだ？」

「いつか保育所を開きたいと思って」

「だったら、ビジネスのコースもとるべきだ」彼は少し高飛車に言った。

けれどマギーは気にしなかった。「そうするつもりです」

面接はさらに続いた。意外にもふたりには共通点が多かった。テレビはあまり見たいと思わず、好きな作家の何人かが同じで、ユーモアの感覚も似ている。それは悪くなかった。

これほどハンサムな男性に出会ったのは初めてだが、彼は容姿を鼻にかけることもなく、気どったところもない。マギーは臆《おく》することなく話ができた。

彼女が帰ろうとしたとき、トムが言った。「きみを雇うかどうか決める前に、あとひとつだけ話しておくことがある」

「なんでしょう？」

この四十五分間で初めて、彼は少し落ち着きを失ったように見えた。「僕らは友達になれるだろう」

マギーは大きくうなずいた。

「きみが気に入ったよ、マギー」

「私も」彼女はかすれた声でつぶやいた。

トムは真剣な表情になった。「この仕事は住み込みで頼みたい」

「ええ。私には申し分ない条件だわ」

「きみを雇った場合、友情の一線を越えないことを約束してほしい。応募の手紙を読んだときは、きみがもっと年上かと思ったから心配していなかったんだが。はっきり言っておくけど、僕は自分の使用人とはつきあわない主義だ。絶対に」

マギーは返事に窮し、まじまじと相手を見た。そんな考え方をするにしては、彼は若すぎる。しかし、自分のせいで彼が方針を変えることになるとは想像もつかなかった。

「目が覚めたとき、何も着ないで僕のベッドにもぐりこんでいるきみを見つけたら、すぐさま首にするから、そのつもりで」

マギーは吹きださずにいられなかった。自分がそんな大胆でばかげた行動をとるなんて、まったくありえない。彼女は壁にもたれかかって大笑いした。

だが相手のしかめっ面に気づき、どうにか笑いをおさめた。「笑ったりしてごめんなさい」

「僕はものすごく真剣なんだけどね」

トムの口調はひどく堅苦しかった。彼には大学生のくだけた言葉づかいなど似合わない。

「前にそんな経験があったの？」

「ああ」ぶっきらぼうな返事だ。

「両親の墓にかけて、あなたのベッドにはもぐりこまないと誓うわ。どんな格好だろうと」

「ご両親は亡くなったのか？」

「ええ」

「それは気の毒に」

「ええ、ありがとう」

「きみは絶対に僕を誘惑しないんだね？」まだ疑っているかのように彼はきいた。

ふたたび吹きださずにいるのは大変だったが、マギーはなんとか我慢した。「私をもっとよく知れば、ばかげた考えだとわかるわ。でも、信じて。そんな心配は無用だから」

「どうして？　きみは同性愛者なのか？」

マギーは息をのみ、目を閉じた。冷静さを保とうと必死に努力する。そしてまた目を開けた。「違うわ。ともかく私は誘惑なんてする柄じゃないの。相手が男性だろうと女性だろうと」

それでも疑わしげなトムを見て、マギーはため息をついた。

「私は頭がいいだろうと言ってくれたわね。そうよ。あなたは手の届かない人だとわかるくらい、頭がいいわ。それにしても、女性なら誰でもあなたと愛しあうために必死になるという発想が、どこから出てくるのかしら。とにかく、私は結婚するまで男性のベッドから離れていろと言われて育ったし、そのつもりよ。おわかり？」

ふいにトムの顔が輝き、マギーはまた壁にもたれかかりそうになった。今度は純粋に動物的な興奮をおぼえたせいだが、どうにか体勢を崩さずにすんだ。

「決まりだ、きみを雇うよ」

2

一週間後、マギーは引っ越した。

仕事は楽だった。トムはだらしない人間ではなかったし、裕福なのは明らかだが、コルドン・ブルー風の高級料理を求めもしなかった。マギーは勉学にいそしみ、家事をこなす時間をたっぷり持てた。そのうえ、彼のおかげで自分の家にいるような気になれた。

それは里親制度のもとでの生活とよく似ていた。幼いうちにマギーが会得したことだが、懸命に働き、欠かせない存在となれば、置いてもらえる家は必ずある。彼女には悪くない生活だった。

ただ、トムとの取り決めには難点がひとつあった。

マギーは絶望的なほど彼に恋してしまったのだ。使用人に対して友情以上のものは求めないと彼が断言したにもかかわらず。

トムがつきあう相手は美しく洗練された女性ばかりなので、マギーは自分が人なみ以下だという気になった。どの女性を見ても、打ち消せない真実を思い知らされた。トムのために働いていなければ、友人としても見てもらえなかっただろう。

マギーが大学二年のとき、大学院の最終学年だったトムはそのころつきあっていた恋人と別れた。別の女性とつきあいだす代わりに、彼は連れが欲しい場合、マギーを誘うようになった。食事や映画、スポーツイベント、パーティまで。

その一カ月間で彼女が味わった気持ちは、六年間忘れようと努力したのに、今でもはっきり記憶に残っている。それは天国と地獄を行き来するのに等しかった。トムと過ごす時間はすばらしく、彼が自分だけに関心を向けてくれることが喜びだった。とはいえ、トムの警告を忘れたことはない。友情以上の感情を見せたら、ただちに解雇される。そんなはめには陥りたくない。トムがデートの習慣を変えたのは自分への特別な思いがあるせいだと考えるほど、マギーは愚かではなかった。

ところがある晩、すべてが一変した。トムが帰宅したとき、マギーは居間にある革張りのソファで中間試験にそなえて勉強していた。

黒いジーンズに紺のTシャツ、ラルフ・ローレンのセーターを着たトムはとてつもなく魅力的だった。マギーは顔に欲望が表れていないことを祈りつつ尋ねた。「おかえりなさい。今夜は家で食べるの?」

トムはテーブルに本を投げた。「一緒に外で食事しようと思ったんだが」

「そうできたらいいんだけど」それは偽らざる本心だった。「でも、勉強しなくちゃ」マギーはソファの上に散らかっている本やノートを示した。「中間試験なの」

「きみは勉強しすぎだ。息抜きが必要だよ」

「そんなことないわ」

トムが近づいてくる。男性的でじらすような濃厚な香りに、マギーは興奮をかきたてられた。

「きみを甘やかしたい。食事に行こう」

「本当にだめなのよ。明日は試験が三つあるの」

賛成しかねるという表情でトムは首を横に振った。

「よけいな授業をとらなければ、そんなに試験はないはずだ」

「奨学金をもらえるあいだに、できるだけとっておきたいの。さっさと単位が欲しいから。そうすれば早く働けるでしょう」

「卒業するまで僕に生活費を払わせてくれれば、そんな心配はいらない」

「だめよ。もう充分に助けてもらっているわ」

「頑固だな。僕はきみが働いた分、給料を払っているだけだ」

「あなたは来年ここにいないのよ。生活費なんかもらっても、私がそれを稼いだとは言えないわ」

「別の奨学金と考えたらどうだい?」トムもマギーに劣らず頑固だった。

「いいえ」

「来年はどうするつもりだ?」

「仕事をして、アパートメントを探すわ。経済学のクラスにいる女の子がルームメイトになってほしいと言ってるの」トムがいなくなる来年の話をするのはいやだった。

入ってきたとき同様、トムが自分の人生から簡単に去っていくと思うと、マギーはつらかった。この先ずっと彼を恋しく思うのだろうか。

「きみがここにいられない理由はないだろう」

「私の家じゃないもの」

「ここは僕の家だが、管理人が必要なんだ」

「だめよ。施しをしたいんでしょうけど、受けるつもりはないわ。無理強いはやめて」

トムが笑った。いらだたしげな支配的な男性の表情から、自信に満ちた笑顔へと変わる。「僕は自分の言い分を通すのに慣れている」

「知っているわ。一緒に暮らしてきたから」

トムはマギーの手から本を奪ってソファの端に投げ、両手首をつかんで引き寄せた。「それなら、今夜はきみと外で食事したいという僕の言葉にすなおに従うんだ」

男性的なたくましい体にぶつかり、マギーは息をのんだ。あわてて彼の手から逃れようとする。つかまれたところは少しも痛くなかったが、逃れるすべはない。「勉強しなきゃだめなのよ」

「食事もとらなければだめだ。それのどこがいけないんだ?」

「帰りが遅くなるわ。食事だけじゃないでしょう」

「たぶん、映画に行くかもしれない。さっきも言ったが、きみには息抜きが必要だ」

「あなたが言うことなら正しいというの?」

「ああ、正しい」

マギーはくるりと目をまわした。「二十五歳にもならないのに、とんでもなく傲慢《ごうまん》な人ね」

「そういうふうに育てられたんだ」

「でしょうね」マギーはトムの育ちについて一度も尋ねなかった。そんな話題はいやだと言明されたからだが、彼がかなり裕福なことは天才でなくてもわかった。

「友達を誘って映画に行けばいいじゃない?」

「そうしてるよ。きみを誘っているじゃないか」

「私はあなたの家政婦よ」

「友達でもある」

たぶん……でもトムが大学院を卒業して引っ越し

たら、自分たちが電話したり、クリスマス・カードを交換したりする姿など想像もつかない。マギーは決心した。トム・プリンスの人生に私がかかわる時間はあと少ししか残されていないのだ。それを無駄にしてはならない。

「わかりました。帰ってきてから勉強するわ。映画は早い時間に始まるものにしてちょうだい」

「お望みどおりにするよ、かわいいマギー」トムは約束をキスで示した。彼女の唇に。

そんなことは初めてだった。

この程度の挨拶《あいさつ》はトムにとって大したことはないのだと理性が告げている。もっとも、少しでも体が触れそうな状況をマギーはこれまでうまく避けてきたのだが。

それが今回は、体が頭と違う反応を示した。今まで男性と一度しかキスをしたことがない唇は、トムの唇に対してたちまち柔らかくなった。昔ながらのまぎれもない誘いのしぐさで唇が開く。生まれついての略奪者であるトムはすぐさまキスを深めた。

舌がマギーの唇のあいだからすべりこむ。トムの感触を想像したことはあったが、どんな夢も比較にならないほどすばらしい唇だ。熟練した動きで口のなかを探る彼の舌に、マギーは歓喜のうめき声をあげた。トムが喉の奥で野獣のような声を低くもらすと、彼女の体に震えが走った。身を乗りだし、両手を彼の腰に巻きつけて引き寄せる。

マギーの指は震えながらトムのセーターの下にもぐりこんだ。あまりにもきつくつかんだので、上質のセーターでなければ破れていたかもしれない。

トムはマギーの腰に両手をまわして体を密着させた。彼の高まりが下腹部に当たったが、マギーにはその意味がよくわからなかった。彼女は巧みなキスをむさぼるように味わうことに没頭していた。

何をしているの、とかすかに残った理性がささやく。だがマギーは意に介さなかった。報われない愛というもっと耳ざわりな声が聞こえる。こんなチャンスは二度とないのよ、と。トムのすべてを味わいなさいと声がうながしている。マギーの心とうずく体はそれに従った。

　片手で背中を刺激され、彼女の脚が萎《な》えた。

　ふいにマギーは後ろに倒れそうになった。そしてトムも一緒に。ヒップの片方だけソファにのった状態になったマギーは体を支えきれず、ふたりとも床に転がった。仰向けのトムの上にマギーがのる形になったが、驚いたことにふたりの唇は合わさったままだ。トムはうなり声をあげ、体の向きを変えてマギーを組み敷いた。彼の高まりがマギーの腿のあいだに触れる。彼女は身じろぎひとつしなかった。体の隅々まで欲望が駆け抜け、彼の顔から顔を引き離した。

　これは行きすぎよ。

　マギーは唇を閉じたが、小さな泣き声がもれた。

　トムがじっと見下ろしている。なんとも判読しがたい表情を浮かべて。「痛い思いをさせたかい？」

　彼女は何も言えず、首を横に振った。

「泣き声をあげたじゃないか」

　マギーは無言で彼を見つめた。無意識に両脚がさらに少し開き、閉じようとしてもできなかった。彼女の脚のあいだにあるトムの高まりがいっそう強く押しあてられる。

　マギーは息をのみ、目を閉じた。トムに嫌悪されたに違いない。こんな事態にならないと約束したのに、頭が働かず、まるで体自身が意志を持っているかのように勝手に反応してしまったのだ。

「目を開けるんだ、マギー」トムが強い口調で言った。この命令に逆らえる人はいないだろうと思わせる口ぶりだ。「僕を見たまえ」

　彼の怒りに向きあおうとマギーは覚悟を決め、目を開けた。「ごめんなさい」小声でなんとか言う。怒りどころか、トムの目にはこれまでになく熱いものが燃えていた。「なぜ謝るんだ？」

マギーの視線は彼の唇にそそがれ、また目に戻った。「あなたにキスしたから」

「僕がキスしたんだ」

けれど、キスをさらにうながしたのはマギーだった。唇を開いて求めたのだ。自分の過ちを言葉にしたくなくて、彼女はただ首を振った。

「きみは僕を求めている」今まで考えたこともなかったと言わんばかりの口ぶりだ。しかし、協定を破ったことに対する怒りはうかがえない。「いつからなんだ？」

マギーは顔をそらした。答えを言いたくないというプライドがあった。

トムは彼女の顎に手をかけ、容赦なく自分のほうを向かせた。「僕もきみを求めている」

「あなたが？　そんなことありえないわ」

彼は笑ってさらに体を重ね、熱い高まりを彼女に感じさせた。「大いにありうる」

感じたものの意味を悟って、マギーは真っ赤になった。

トムはふたたび笑い、唇を重ねた。今度は彼のほうから舌をさし入れる。火がついたようなキスに、マギーの理性は燃えつき、灰となった。彼女は感じることしかできなかった。ひとつひとつの愛撫《あいぶ》が初体験だった。触れられるたびに未知の世界、だがすばらしい世界に進んでいく。情熱が支配し、欲望が手にとるようにわかる世界に。

トムはマギーの顔から首筋へと指先を軽く走らせた。胸までくると愛撫は変化し、いっそう執拗《しつよう》になった。すり切れたフランネルの薄いシャツの上から、柔らかな胸のふくらみをわが物顔に手で包む。あまりにも親密なしぐさに、マギーは震えた。彼女がブラジャーをしていないのを発見して、トムが満足げにうなり声をもらす。

慣れた手つきで胸に刺激を与えると、マギーは腿のあいだにうずきを感じた。彼女もトムに触れたかった。邪魔なものをとり去って彼の肌をじかに感じたい。ジーンズから引っ張りだしたTシャツの下に両手をもぐりこませる。肌は思ったより熱く、彼女の指先は快い感覚にほてった。

トムの胸はシルクのようになめらかだった。純粋な欲望に突き動かされ、マギーは彼の引きしまった体を手で探索した。硬い胸の頂までくると、親指でそのまわりに円を描き、軽く指でなぞる。トムは情熱的な反応を示し、マギーは本能的な喜びがこみあげるのを感じた。

いつのまにか前のボタンがはずされている。それに気づいて、マギーはシャツを脱いだ。むきだしの肌にトムの手が触れる。彼女は肌を愛撫するトムの両手の感触だけを味わっていた。胸の先が痛いほど硬くなり、軽く鳥肌が立つ。

トムはマギーの顎から首筋に唇を這《は》わせた。「なんて柔らかいんだ。とてもすばらしい」

胸に口づけされ、彼女はまたしてもすすり泣かんばかりだった。胸の頂を口に含まれ、マギーは叫び声をあげた。両手を絨毯《じゅうたん》に打ちつける。顔を右に左に向け、自分のものとは思えない弱々しい声を喉の奥から絞りだす。

トムは彼女の胸の先から口を離した。「きみの花びらを舌で刺激して甘い蜜《みつ》を吸いたい」

官能的な言葉に、マギーの全身が震えた。

トムがほほ笑み、彼女の柔らかな肌をまた口で愛撫する。マギーは体を弓なりにして床から浮きあがろうとしたが、彼に押さえつけられた。

「トム……とてもいいわ。ああ、なんてすてきなの……」言葉は低いうめき声になった。

ふと気づくと、トムはTシャツもセーターも脱いでいた。彼のむきだしの肌と自分の肌が触れあうのを感じる。えも言われぬ感触だ。マギーは体のなかにこれまで経験したことのない感覚をおぼえた……高まっていく緊張感をどうにも抑えられない。苦しいほど上りつめていく。そのとき、トムがマギーのジーンズのファスナーを下ろし、片手をなかにすべりこませた。

　トムの指先はショーツのなかに入り、なだらかなふくらみに触れ、マギーのもっとも敏感な部分に分け入った。彼女のなかで何かが起こった。まるでロケットが打ちあげられたようで、耐えがたいほどの歓喜にマギーは体を折って叫んだ。

「それでいいんだ、美しい人《ベッラ》。きみの喜びを僕に感じさせてくれ」

　彼の愛撫に身もだえしながらマギーはトムを見つめた。ベッラって誰？　ふと頭をよぎった疑念はたちまち消えうせた。トムの指先が秘めやかな部分にもぐりこんだのだ。

　彼の指がなおも奥に入ると、マギーは刺すような痛みを感じた。

「マギー！」トムの声には信じられないという響きがあった。「きみはバージンなのか？」彼は責めるように言ったが、片手は彼女のもっとも親密な場所に置かれたままだ。

「ええ」

　トムの目に奇妙な光が輝いた。彼はマギーの顔から喉へとあますところなくキスを浴びせた。快感のあまりマギーは陶酔状態だったが、ふと気づくとジーンズを脱がされかけている。

「トム？」

「なんだい、美しい人《ベッラ》？」

　ふたたび別の女性の名を呼ばれ、マギーは不快な衝撃とともにわれに返った。もちろん、トムは私を別の女性と勘違いしているのだ。でなければ彼に求められるはずがないもの。でも、そんな態度は許されるべきでない。

「何をしているの？」愚かな質問だった。

トムが笑う。かすれた笑い声はぎこちない。「きみと愛しあっているのさ」

これは愛なんかじゃない。単なるセックス。しかも、最後までやり遂げられるかどうかマギーは心もとなかった。「私は初めてなの」

「わかっている」

「つまり、ピルをのんでいないのよ」

トムは彼女のジーンズを膝まで下ろし、さらに足首まで引っ張った。「避妊具ならある」

「でも……」まだショーツはつけていたが、彼女は手を下ろして体を隠した。「お願い。待って」

トムは手を止め、マギーを見た。熱っぽいその表情には彼女を怯《おび》えさせるものがあった。「これ以上はいやなのか？」

「あなたは私をベッラと呼んだわ」

青い瞳に悔しそうな落ち着きのない表情がよぎり、マギーは自分がほかの女性の代わりにされていたという確信を深めた。

「ああ……説明してほしいかい？」

「いいえ！」裸同然の格好でトムの下に横たわっているときに、彼が愛した別の女性の話なんか聞きたくない。「聞く必要はないわ」

トムはとまどったようだ。「だったら何が問題なんだ？」

この人はなんて鈍感なの。「ほかの女性のことを考えている人と愛しあいたくないのよ」

「僕はそんなことはしない」トムの体がこわばった。

ほかの女性の代わりという衝撃と、愛しあったら体がどうなるのかという不安から、マギーは率直に言った。「私はまだ準備ができていないわ」

「できていると思うけど」

「私が誘惑しようとしたら首にする、とあなたが言ったのよ。このまま続けたらどうなるの？」

トムの表情が険しくなり、青い目に失望の色が浮かんだ。「せっかくの友情がだめになるのはたしかだ」皮肉っぽく言う。

マギーの聞きたい答えではなかった。苦痛が体を貫く。「あなたの言うとおりよ。だったら、愛しあうなんてばかげているわ。一夜の情事のせいで仕事を失うわけにはいかないもの」

こんなことを言うのはいやだ。たとえ真実でも。

トムはいきなり彼女から離れた。何を考えているのか計り知れない無表情な顔で。「きみが傷つくことを無理強いする気はない」

「わかっているわ」

トムはそのままソファに行って腰を下ろした。うつむいているので彼の顔は見えない。何度か重々しい息をつくたび、大きな体が震える。

情熱が消えた今、マギーはきまり悪さをおぼえ、急いで服を着た。ぎこちなく立ちあがったが、何を言うべきかわからない。

少ししてトムの呼吸も落ち着いてきた。マギーに向けたまなざしからはまったく感情が読みとれない。彼はジーンズに包まれた両脚のあいだに両手をたらし、黙って座っている。

「トム、私……」

「きみが一糸まとわぬ姿で僕のベッドにいるところを見つけても、首にしない」言うなりトムは立ちあがり、部屋から出ていった。

まもなく玄関ドアの開閉する音が聞こえ、マギーはがらんとした家にひとり残された。

トムは本当に私を求めていたの？

彼が座っていたソファに座ると、涙がこみあげてきた。私はひどい間違いを犯さずにすんだの？　それとも生涯で最悪の失敗をしたの？

　その疑問はトムの言葉とともに、次の一週間、マギーの頭のなかで渦巻いていた。朝起きるなり、無意識に浮かんでくる。昼はそんな物思いに苦しめられ、夜はほとんど眠れない。ようやく眠りに落ちても、トムの姿や彼に与えられた喜びが夢に現れる。

　下腹部がうずき、トムへの欲望を感じて、たびたび目が覚めた。彼を求める気持ちは耐えがたいほど高まった。トムのベッドに行かなかった理由はふたつある。別の女性の名で呼ばれたという記憶と、彼があまり家にいないことだ。

　マギーの知るかぎり、トムがベッラという女性とつきあったことはない。けれど去年の夏、彼は故郷に帰った。そのとき交際した相手かもしれない。トムはベッラと恋に落ち、その後ふられたの？

　だとしたら、今年はトムが女性との交際に身を入れないことの説明がつく。別の女性の代わりにされたと思うと、マギーはたまらなくいやだった。だが、情熱を介したトムの愛情を自分のものにしたいという衝動は、日を追うごとに強まった。トムがますます遠い存在となったので、なおさらだ。

　彼が求めてくれた。ベッドに誘ってくれた。そのふたつの事実をマギーは忘れられなかった。

　トムとのつながりを失うかもしれないという恐れから、マギーはついに決心した。もう十一時を過ぎているのに、彼は帰ってこない。勉強会に出るので夕食の心配はいらないと電話があった。金曜の夜だというのに。今までトムは勉強会など参加したこともない。避けられているかと思うと、マギーはこれ以上耐えられなくなった。

　彼とベッドをともにしよう。あのときのように親密な関係をとり戻そう。愛する男性との未来のためなら多少のリスクを冒してもかまわない……たとえわずかしか続かない関係でも。

マギーはナイトガウンをまとった。何も着ないで彼のベッドにもぐりこむほど大胆にはなれなかった。玄関以外の家じゅうの明かりを消し、暗くてがらんとしたトムの寝室に入る。胸がどきどきしている。彼がいたら、こんなことはできないだろう。自分の願望を口にするより、彼のベッドにいるところを見つけてもらうほうがはるかに楽だ。頭のいい人だから、こちらの願いを察してくれるはず。

　とはいえ、マギーは泥棒にでもなった気分でベッドカバーの下に用心深くもぐった。一糸まとわぬ姿でベッドにいるところを見つけても首にしないとトムは言った。彼女はその考えにしがみつき、枕《まくら》にすり寄って彼の香りを嗅《か》いだ。今夜、おそらく私たちは愛しあう。そうすれば、胸の奥のひどい空虚感も消えるだろう。

　トムを待ちながら横になっていると、この一週間よく眠れなかったせいで、信じがたいことにまぶたが重くなってきた。時計を見てもう深夜だと思ったのを最後に、彼女は眠りについた。

　ベッドの向こう側でささやく声が聞こえ、マギーは目を覚ました。同時にマットレスが沈み、ベッドのわきに小さな明かりがついた。明かりのなかに浮かびあがったものを見て、彼女は息をのんだ。

　トムが女性の肩に手をかけている。濃い茶色の目をした黒髪の魅惑的な女性だ。ブラウスのボタンがはずれ、黒いレースに包まれた胸のふくらみがあらわになっている。

「マギー、いったい何をしているんだ？」トムが鋭い声をあげた。驚きに青い目が見開かれ、髪はくしゃくしゃになっている。この部屋に入る前に何をしていたか、きくまでもない。

「眠っていたの」マギーはうつろな声で言った。

　なぜここにいたか、説明できるわけがない。黒髪の美女から、まるで踏みつぶした汚い虫でも見るようなまなざしを向けられ、マギーの心はこなごなに砕けた。

トムが合点した顔になり、悔しそうな表情がかすかによぎったのを見て、マギーは傷ついた。

「マギー、僕は……」トムが言葉を失ったのを見るのは、この一年半で初めてだった。

しかし彼の恋人は平然としている。「どうして家政婦があなたのベッドにいるの？」

「今夜は帰ってくると言い忘れた。今日は洗濯日だから、彼女の寝具が使えないんだ」不意打ちを食らったときの即興の言い訳にしては上出来だ。

とはいえ、ベッドにいた別の理由を、トムが相手の女性に知られたくないと思っているのを知って、マギーは激しい胸の痛みをおぼえた。

美女が不満そうに唇を突きだした。「じゃあ、この人はソファで寝るべきよ」

「ええ。そうすべきでした」マギーは静かな威厳をこめて言い、非難のまなざしをトムに向けた。「ここに来たのは大きな間違いでした」

「タイミングが悪かったんだ」トムの返事にはさまざまな意味が含まれていた。

「最悪だったわね」黒髪の女性が言う。「でも、もう問題は解決したでしょう？」

「もちろん」マギーはベッドから下りた。ガウンを着ていたのがありがたい。

もし何も着ていなかったらと思うと、恥ずかしくなる。怒りと屈辱の涙がこみあげてきた。トムは一時の気の迷いで私を求めたにすぎない。それがわからなかったとは、なんてばかだったの。

マギーはきびすを返し、部屋から出ていった。自室に飛びこみ、ドアに鍵《かぎ》をかけると、床にくずおれ、ふくれあがる苦悩に屈した。

トムが私を避けているのは、この前私が拒絶したからだと思ったのに、彼は別の恋人を見つけていたのだ。愚かな夢だったという苦々しい思いが自分をあざ笑う。

でも、トムは別の恋人ができたなんて言わなかった。彼の心のなかでは〝別の〟恋人ができたわけではなく、単に恋人ができただけなのだ。先週の恥ずべき大失態のあと、彼が言った言葉は、私が職を失う心配はないという保証にすぎなかった。誘いの意味なんてなかったのだ。さもなければ、たちまち別の女性とつきあうはずがない。

何もかも私が空想を働かせすぎた結果よ。でもその気がないなら、トムは思わせぶりなことを言うべきではない。マギーはこみあげる苦いものをのみこんだ。そしてこの数年で初めて、声も出さずにとめどなく涙を流した。

そのころには、愛したのと同じくらい激しく、トム・プリンスを憎んでいた。

3

翌朝、目を覚ましたマギーは胸にぽっかり穴があいたような気がした。トムとの関係は決定的に変わった。もう彼に対して前と同じ思いをいだくことはありえない。

予期していたより早くルームメイトを探さなくてはならない……別の仕事も。容易ではないだろう。学生が働ける時間帯のアルバイトは、もうほとんど埋まっていた。でも、ほかに選択肢はない。

マギーはキッチンに入っていった。あいにくコーヒーポットのそばにトムがいて、コーヒーができあがるのを待っている。

彼は用心深い目でマギーを見た。「おはよう。いい朝だね」

「そうかしら？」マギーは抑揚のない声で言った。

トムにはいい朝なのだろう。性欲旺盛《おうせい》な男性にとって禁欲の日々が昨夜で終わったのだ。

　トムはたじろいだ。「ゆうべはすまなかった」

「すまないと思っているの？」

「ああ。運が悪かった」

「そういう言い方もあるわね」

「あんなふうにきみを辱めるつもりはなかった」

　トムはそんなふうにしか思っていないの？　私がきまり悪かっただろうと。

「きみが僕のベッドに来た本当の理由をリアナは知らない。ゆうべの僕の釈明を信じている」

「あれはうまい作り話だったわ。あんな状況でもよく頭がまわるのね。すでに経験ずみ？」いつになく皮肉な口調でマギーはきいた。

「皮肉はやめろ。頼む。きみらしくないし、すまなかったと謝ったじゃないか」

「それで一件落着だと思っているの？」

「ああ」驚くほど傲慢《ごうまん》にトムは言った。「僕たちのあいだには何もなかった。僕はどんな約束も破っていない。きみがそんなに動揺する必要はないさ」

　鋭い痛みがマギーの体を貫いた。悲惨な生活をしていたときでもこんな痛みは感じなかった。「そうね。たしかに……私たちのあいだには何もなかったわ。それはそうと、あなた言ったわよね。あなたのベッドにもぐりこんでも私を首にしないって」

　彼女が動揺している理由をやっと悟ったのか、トムの顔が明るくなった。「首にはしない」まるでメダルでも授与されたかのような口ぶりだ。「あれは単なる誤解だった」

　彼は明らかに状況を読み違えている。マギーは首を振った。「今日、別の仕事を探すわ」

　トムはいらだたしげに眉をひそめた。「できるものか」

「いいえ、探すわ」

「今回はだめだ。理由がない。あれはばかげた間違いだったんだ。お互いに忘れたほうがいい」

「理由ならいくらでもあるわよ。私はこの件を忘れられないの。ごめんなさい」

「謝罪などいらない。きみに家政婦としてとどまってほしいんだ」

「そんなことできると思う？」

「別の仕事を探すのが大変なのは考えたのか？」

「ええ」

「だったら、せめてほかの仕事が見つかるまで、ここにいてくれ」

「いいわ」

結局、最初の計画どおり、マギーは学期の終わりまで残ることになった。きっちり授業が詰まったスケジュールでも働ける職場など、そう簡単には見つからない。だがトムとの関係には変化が生じた。

マギーは相変わらずトムのために家事をこなしたが、大学にいる時間は前より増えた。図書館に行ったり、友人と過ごしたり。トムの食事は前もって用意しておく。温め方を指示したメモを添えて。彼がリアナと食事をしたがるときは、文句も言わず、もうひとり分料理を用意した。だが、マギーがトムと食事をすることはなかった。朝食でさえ。

幸い、リアナは地元の学生ではないので、家に来ることはまれだったが、トムとマギーの気まずい毎日にはリアナの存在が色濃く感じられた。

トムがリアナにプロポーズしたとき、マギーは別に驚かなかった。だが、覚悟はしていてもそれで精神的な打撃が軽くなることはなく、心は血を流していた。

トムから結婚式に招待されたが、トムは雇主であって友人ではないからとマギーは断った。学期が終われば、雇主ですらなくなるのだ。それきり、二度と彼に会うつもりはない。

　このときだけは、トムも頑固に自分の言い分を通そうとはしなかった。そのせいで、マギーは彼に本当はどう思われているか、よくわかった。

　学期末までにマギーは職場と住まいの問題を解決し、トムの家を出た。彼女は新しい住所を教えようとせず、卒業後トムがどこに住むつもりか尋ねようともしなかった。

　別の女性と結婚するトムを見るのは耐えがたかったが、彼の幸せを心から願った。

　もっとも、卒業式には出た。トムから見えない高い場所にある席に座り、首席で修士号の学位を受ける彼を見ていた。トムの名前が呼ばれると、マギーは熱狂的に拍手を送った。

　以来、トム・プリンスには会っていない。だが彼を忘れることもできなかった。一度しか恋をしない女もいるのだ。すばらしい容姿でバイタリティあふれるトムは彼にふさわしい女性と結婚した。けれど、マギーの心の一部はいつも彼のものだった。

　ベッドに入り眠りに落ちて四十五分とたたないうちに、マギーは目が覚めた。怖い夢を見たジャンニと父親恋しさに寝つかれないアンナが、ベッドにもぐりこんできたのだ。追憶にふけり、映画を見て遅くまで起きていたせいで疲れきっていたマギーはふたりを抱き寄せ、ふたたび眠りに落ちていった。

　だが二時間後、小さな肘で体の敏感な部分を三度目に突かれたとき、マギーはそっとベッドから抜けだし、眠れる場所はないか探すことにした。

　ぐっすり眠っているふたりを起こして子供用ベッドに連れ戻すのは酷だし、彼らのベッドは大人には小さすぎる。自分の居間にあるビクトリア朝風のソファも狭くて熟睡はできない。目的にかなうのは主寝室のベッドだけだ。

マギーは寝ぼけまなこのまま、アンナとジャンニの父親の部屋へ向かった。そこで眠っても、部屋の主に気づかれはしないだろう。朝起きたらシーツを洗ってもとに戻しておけば、明日帰ってくる彼にわかるはずがない。

マギーはいくつも重なった枕《まくら》をひとつだけ残して床に投げ、上掛けの下にもぐりこんだ。枕に頭をのせたとき、ほのかに漂う香りになんとなく懐かしさをおぼえたが、疲れきっていて記憶をたどる余裕もなかった。

トマソは静かに家のなかに入っていった。睡眠不足で頭がぼんやりしていたが、警報装置を解除する番号を懸命に思い出した。仕事を早く切りあげて帰れるよう、この五日間、彼は自分に鞭《むち》打って働いた。子供たちが恋しく、マギーとの再会も待ち遠しかった。彼女は記憶どおりの女性だろうか。

彼はほぼ三十六時間眠っていなかった。機内で仕事の合間にうたた寝をしただけだ。疲れがたまっているときは飛行機酔いをするので、酔い止めをのむのだが、薬をのんだことを忘れて夕食時にワインを一杯、さらに一時間後にスコッチウイスキーをストレートで飲んだ。

三十年の人生で酔っ払った経験はなかったが、こんなふうに体が言うことを聞かないのは、おそらくその状態に近いのだろう。

それでもトマソは期待しながら階段を上がり、久しぶりに安堵《あんど》感を味わった。明日になれば、マギーは雇主が僕だと知る。彼女がどんな反応をするか予想もつかないが、子供たちとの絆《きずな》が生まれている以上、いきなり退職願は出さないはずだ。

当然ながら、これはトマソ自身の計画だった。最初の結婚のときは、欲望やばかげた感情のせいで判断力が鈍ったのだ。マギーに近づく方法は、ビジネスにとり組むときと同じ視点から計画した。冷静で計算された動機と、勝利をものにしようという熱意を持って。

ふたたびトム・プリンスのために働いていることを知り、しかも彼の正体がイゾレ・デイ・レのプリンス・トマソ・スコルソリーニだと気づいたマギーが、どう行動しようとかまわない。しかし二度と彼女を逃がすつもりはない。

トマソは寝室に続く書斎に書類ケースを置き、寝室に旅行かばんを下ろした。ネクタイをゆるめる彼の視線が、床に積み重なった枕に落ちた。使用人はきちんとしているし、行儀のいい子供たちは父親の寝室で枕投げなどしないはずだ。

眉をひそめながら上着を脱いでハンガーにかけ、部屋じゅうを見まわす。ベッドに向いた視線がそこに釘《くぎ》づけになった。

誰かいる。

彼の聖域に侵入しようとした向こう見ずな者がいたとは。これまで警備陣の目をかいくぐった女性はいなかった。使用人たちはとても忠実で、王族の恋人か夫を手に入れたいと望む女性に手を貸したこともない。

それに男であれ女であれ、トマソが今夜このベッドで眠ることを知っている者は、身辺警護の人間とパイロット以外にいないはずだ。彼はまだ仕事で国外にいると思われている。

トマソはベッドに近寄り、目を凝らした。女性の顔を見るには、もつれたブロンドの巻き毛を払わなければならなかった。

侵入者の正体がわかった瞬間、信じられないという思いが野性的な感情と交錯した。

マギー。

彼女が僕のベッドで何をしているんだ？

何年も前の、別のベッドで寝ていたマギーの思い出がどっとよみがえってきた。

その一週間前、焼けるようなキスをマギーと交わし、危うく一線を越えそうになったとき、バージンの彼女は最後まで進むのをためらった。トマソはマギーが欲しくてたまらなかったが、マギーは彼よりも首にならずにすむほうを選んだのだ。

トマソは自尊心を打ち砕かれ、失望と同時に怒りをおぼえた。だが、もし気が変わっても首にすることはないと言った手前、翌週は彼女を避けて過ごし、欲望を抑えようとした。

いったん冷静になると、自分たちの情熱は過ちで、マギーがあそこで拒んでくれてむしろよかったと思えた。当時の彼女はあまりにも平凡で無邪気で、トマソのタイプではなかった。彼の好みは、洗練された趣味を持ち、同じく外見も人生も洗練されている女性だった。だが、そういう女性が経済的負担になることをあとで思い知った。

二度と同じ間違いを犯してはならない。

今ここで眠っている女性がかつて見せた飾らない優しい性格を、トマソは求めていた。

六年前のあの晩、マギーは誘惑を目的にトマソのベッドにもぐりこんでいた。だが、リアナを家に連れて帰ってきたトマソは、マギーを手に入れる機会を完全に失ってしまった。

そのマギーがふたたびベッドにいる。過去の失敗を正す、まったく思いがけない二度目の機会だ。

何か間違いがあったのだと理性が訴えている。マギーは雇主の正体を知らないのだから、ここで誘惑などするはずがない。彼女がこのベッドにいるのは、違う理由があるのだろう。六年前、トマソがリアナにでっちあげた言い訳のように。

筋の通ったそんな結論が彼は気に入らなかった。

たしかに今は頭が少し混乱している。しかし、マギー・トムソンが僕のベッドにいるのが運命なのはわかる。もっと早く気づくべきだった。彼女は僕のものだということだ。当然だろう。

いや。ちょっと待て。マギーを試すはずじゃなかったのか……かつてのように僕の人生に合うかどうか。

だが、ベッドをともにして試すほどいいテストがあるだろうか？　それは重要な点だ。

ともかく、最後の決め手となったのは肉体的な疲労だった。寝る場所をほかで見つけることなど考えられないくらい、頭がぼんやりしていた。マギーは彼のベッドを選んだのだ。一緒に眠らせてもらってもかまわないだろう。

トマソは着ているものを脱いで上掛けの下にもぐりこんだ。パジャマを着たことなどない。今夜から着るつもりもない。疲れていたにもかかわらず、彼はすぐには眠らなかった。マギーの寝顔を見つめる。唇が少し開いていて、キスするには申し分なさそうだ。

おやすみのキスをしたら、彼女はいやがるだろうか？　僕はプリンスだ。一度だって女性にキスを拒まれたことはない。

トマソは身をすり寄せた。疲れた体は、彼女の女性らしい甘い香りに驚くほど反応した。眠っているせいでリラックスした唇にキスできるほど近づいたころ、彼の体は欲望で硬くなっていた。

彼女の唇にそっと唇を押しあてる。

マギーの目が開いた。彼女は幻ではないかというように見つめている。「トム？」

「そうだよ、かわいいマギー」僕の正体を説明するのは明日でも遅くない。

彼がいるのは当然だとでもいうようにマギーはふたたびリラックスし、目を閉じた。「すてきだったわ」ささやき声がもれる。

　トマソはまたキスをした。今度はマギーが眠そうながらも積極的な反応を見せた。彼を受け入れるようにに唇をさらに開く。トマソは彼女の唇を舌で愛撫《あいぶ》し、長いあいだ夢に見た味を堪能《たんのう》した。彼女は甘いうめき声をあげ、華奢《きゃしゃ》な手で彼の体を探りはじめた。六年前のあの夜のように。トマソは積年の情熱をこめてキスを深めた。マギーの味は申し分ない。感触も。彼はこれまで感じたことがないほどの欲望をおぼえた。

　だが、こんなことは間違っている。

　トマソはわずかに残っていた正気と自制心をかき集めて唇を離した。マギーが抗議の声をあげて彼の顎にキスをし、唇を求めてきた。彼女の片手が腹部を這《は》い、情熱のあかしをかすめると、トマソの体は欲望で張りつめた。

「マギー、美しい人《ベッラ》……自分が何をしているかわかっているのかい？」

　目を閉じたままマギーはほほ笑んだ。「ええ、もちろん。あなたにキスしているのよ」そしてまたキスをした。今度は狙《ねら》いを定めて彼の唇に。

　トマソはふたたび無理やり唇を離した。「僕は誰だい、美しい人《ベッラ》？」

「トムよ」マギーは眉根を寄せた。「私をベッラと呼ばないで。好きじゃないの」

「わかった」

　マギーはうっすらと目を開けた。「もう一度キスして、トム。あなたにキスされるのが好きよ……ほかのことも」

　おてんば娘め。ふしだらな女のような言い方をしても、マギーには無邪気なところがあり、トマソはそこにじらされた。大勢の男を喜ばせ、手管を心得ている女性の愛撫と、マギーのとでは、まったく違う。それがわかると、彼女の指で興奮のあかしを包まれて絶頂へ導かれるよりはるかにトマソは興奮した。

「いいのかい？」彼は尋ねたが、だめと言われても自分を抑えられるかどうか自信がなかった。

「あなたとならいつでもいいわ。あなただけよ」トマソの唇にささやくと、マギーはまたキスをし、情熱をこめて彼の舌と舌をからませた。

トマソの胸に満足感があふれた。マギーも、ふたりで分かちあったものがどんなにすばらしかったか覚えていたのだ。そしてまたそれを求めている。

だが今度は、彼女も怯《おび》えたバージンではない。トマソはそれを残念だと思わなかった。今夜は無垢《むく》な女性を手なずけられるほど自制心はない。

マギーがトマソの下唇に舌を這わせると、彼はわれを忘れた。彼女を組み敷き、久しぶりに感じる欲望をこめて唇をむさぼる。マギーはどうすべきかわからないかのように身をこわばらせたが、すぐにキスを返してきた。その情熱に、トマソはゆっくりことを進めたいという気がうせた。

マギーの全身を愛撫する。指先で柔らかな女性らしい肌に触れ、官能を高めて歓喜をあおる。邪魔なパジャマにいらだち、彼は無駄のない動きでそれを脱がせた。生まれたままの姿で初めてトマソと触れあい、マギーは身を震わせた。

トマソは熱い高まりをマギーの腿のあいだに当てた。「きみが欲しくてたまらない、僕の大事な人《テソーロ・ミーオ》」

マギーはあえいだ。「これは夢じゃないのね」

トマソは喉の奥で笑った。「いや、夢だよ。現実になるまであまりにも待たされた夢だ」

「でも……」

トマソはもう一度キスしたが、マギーの体はこわばり、彼の言うとおりにならない。彼女はまた僕を拒むつもりなのか？ 欲求不満に終わった六年前の記憶がよみがえった。いや。そんなはずはない。彼女は僕を求めている。これほど性急な反応を示しているのだから。

トマソは片腕で体を支え、マギーの胸をもう一方の手で包んだ。たちまち硬くとがった胸の頂を手のひらでなぞる。愛撫に応《こた》えて彼女が体を弓なりにそらすと、トマソは勝利の予感にほほ笑んだ。彼はあらゆる手管を駆使して彼女に快感を与えた。二十四歳のときよりも、いちだんと技巧に磨きがかかっている。

彼がマギーの胸に手慣れた愛撫を加えると、彼女の意識は完全にはっきりした。六年前に心の奥深く封印した激しい欲求をとり戻す。このベッドでトムが何をしているのか、どこから現れ、どうやってここへ来たのかもわからない。だが、今はそんなことはどうでもよかった。

この人こそマギーが愛した男性だった。その彼が、ずっと夢見てきたように触れている。今夜は昔を思い出したせいで気持ちが弱くなり、欲求がうずいていた。満たしてくれるのはこの男性だけだ。

そして、どんな理由があるにせよ、トムは欲望を満足させたいらしい。彼は私を求めている。愛撫のひとつひとつがそれを物語っている。触れられるたびに、マギーが長いあいだ否定してきた情熱が呼び覚まされた。彼も同じものを感じている。なぜだろう。トムはリアナと結婚したのに。

彼はリアナと結婚したのに！

マギーは唇を引きはがし、自由になろうとしてもがいた。

「だめよ。あなたは結婚しているんだから」

彼はきっぱりと言った。「いや、妻はいない」

何があったのか尋ねる間もなく、マギーはまたトマソに唇をふさがれていた。

リアナがいなくなった。六年越しの夢を阻むものはないのだ。そのときのマギーにとって、愛されたい、誰かのものになりたいという思いはあまりにも強かった。心のなかで願望の言葉を叫ぶ。両親が亡くなってから初めておぼえた欲求だった。それは家族が欲しいのに持てないかもしれないと気づいたせいか、あるいは両親が死んで以来……家族がいなかったことを認めたためだろうか？

マギーは空虚な孤独感を埋めてほしかった。今だけ、そしてこの男性だけに。トマソの指が腿のあいだにすべりこんでも、彼女はあらがわなかった。彼に与えられる喜びをよく覚えていた。マギーは脚を開いて愛撫を受けた。

トマソは賛嘆の声をもらし、潤っている部分に指を這わせた。マギーの夢はよくこんな場面で終わった。でも今夜は夢ではない。理由はわからないにしろ、トム・プリンスが彼女のベッドにいて愛しあっている。記憶にあるよりも、そして夢で見たよりも刺激的な愛撫だ。

トマソはマギーの胸に唇を移動し、張りつめたふくらみを責めさいなんだ。彼女はあまりにも強烈な感覚におののいた。どうすべきかわからなかったので、何もせずにいた。だが、彼は気にしていないらしい。トムの体は興奮をあらわにしている。熱意をこめて愛撫され、自分が美人でないとわかっていても、マギーはきれいになったように感じた。

言葉に尽くしがたい欲求に、マギーは彼の下で体をそらした。

トマソが彼女の胸から顔を上げた。「僕が欲しいかい、マギー？」

「ええ、欲しくてたまらないわ……」

勝利に顔を輝かせ、トマソは慎重に彼女の両脚を開いた。マギーは抵抗しなかった。そんなことをしたくない。これから彼は私のなかに入ろうとしている。そしてふたりはひとつになり、私はもう孤独でなくなる。

トマソは彼女の上で一瞬身構え、一気に貫いた。

体の芯《しん》に痛みが走り、マギーは叫び声をあげて本能的に身を引こうとした。

「ああ！」トマソは叫び、マギーの腰を両手で支えてまた深々と身を沈めた。

ふたたび唇が重なる。彼の体と同じく自制心を失ったキスに、マギーは欲望をかきたてられた。体の奥から小さな喜びがこみあげる。だが、それは痛みを埋めあわせるほどのものではなかった。キスを返しながらも、マギーの頬を涙が伝った。

トマソはなおも突き進み、わなないた。喉からもれた原始的なうめき声がマギーの口に響く。彼は体を緊張させ、そしてリラックスした。大きな重い毛布のように彼女に覆いかぶさる。

もうそれほど痛みはなかったが、不完全に終わったという思いで、マギーは惨めだった。まるで歓喜を約束していた水晶玉がこなごなに壊れ、その破片で全身を切られたような感じだ。こんな経験をするために二十六年間も待っていたというの？

しかも彼の下敷きになって、息をするのもやっとの状態だ。

マギーは彼の胸を押した。「トム……」

頭を上げた彼の表情はぼうっとしていた。

マギーはくぐもった声で言った。「お願い、どいて」もう一度彼の胸を押す。

トマソは転がって仰向けになった。「僕は重いからな」酔っ払いのようにはっきりしない言い方だ。

彼が手を伸ばしてきたのでマギーはたじろいだが、トマソは気づかなかったようだ。彼はマギーを隣に引き寄せると寝息をたてはじめた。あっというまに

彼は愛しあい、マギーを一人前の女性に変えて眠りに落ちた。どうして彼女のベッドに戻ってきたのか説明することもなく。

4

彼の隣で眠っていたのが数分か数時間か、マギーにはわからなかった。時間も判断できないほど気力が萎《な》えている。完全にショック状態だった。

たった今トム・プリンスと愛しあったなんて信じられない。彼が私のベッドにいることも……彼に愛《あい》撫《ぶ》を許し、彼を迎え入れたことも。今まで一度もほかの男性に許したことがなかったのに。

トムの愛撫が夢だと思っていたのは……今度もこの六年間で数えきれないほど現れた官能的な夢にすぎないと思っていたのは、どれくらいのあいだだろう。私がこれほど愚かだったなんて。

だが言い訳をするなら、一度きりとはいえ、かつてのトムとの情熱的な経験はマギーの想像力をかきたてるものだった。夢はいつもあまりにもリアルで、体がうずいて目覚めることがよくあった。これまで興奮を与えてくれたのはトムだけだ。

そして彼はマギーが空想するただひとりの恋人だった。彼女が無意識にめぐらした防御壁を破れる男性はほかにいない。眠っているあいだに誰かに触れられたら、たちまち目が覚め、驚いて叫んだだろう。トム・プリンスだけは別だ。

ただし、今夜は夢ではなかった。最後はマギーも現実だと気づき、彼と愛しあう覚悟を決めた。自分が浸っていた強烈な喜びに影響されてそう決めたのだとしても。だがあのときの痛みは、愛の行為が喜びだけをもたらすわけではないことを告げていた。

結局、トムとの愛の交歓は、家庭への切望感と同じ妄想にすぎなかった……自分だけの場所や自分がその一員だと思える人々を求める気持ち。どんな仕事でも得られなかった、絆《きずな》が感じられる人を求める気持ちだったのだ。腿のつけ根の痛みは、マギーが心にいだいていたものとはほど遠かった。彼女はひどく傷つき、泣きたくなった。

頬を伝う温かいものを感じて、涙が流れていたことに気づいた。喜びに麻痺《まひ》したせいで忘れていた疑問が今はっきりとよみがえる。

トム・プリンスがどうして私のベッドにいたのだろう？　いえ、私のベッドではなく、雇主のベッドに。マギーの理性はその事実を把握しきれなかった。あまりにも不思議だ……信じられないほど。

トムと私の雇主は友人同士なの？　トムはどんな方法でこの屋敷に入ったのだろう。もっと重要なのは、彼がまだ既婚者かどうかだ。彼の否定の言葉を信じてよかったの？　彼とは何年も会っていなかった。トム・プリンスは不義など働くはずがない高潔な人だった。今でもそうだろうか？

ああ、どうしよう……愛の行為の最中に、トムは相手が私だとわかっていたの？　私をリアナだと思ったのでは？　いいえ……〝かわいいマギー〟と呼んでくれたもの、かつてのように。でも、妻はいないという話は本当かしら？

妻のいる男性と愛しあったかもしれないと思うと吐き気がする。そのうえ、バージンを失ったときの痛みで体がずきずきしていた。

マギーはベッドから下りた。なんとかして破滅の場面から逃れなくては。

雇主であるプリンスの友人とベッドをともにしたことがわかれば、解雇されるに決まっている。そうなったら子供たちと別れなければならない。さらなる苦悩が体を駆け抜けた。子供たちと離れたくない。

マギーはバスルームに駆けこみ、湯がぬるくなるまでバスタブにつかっていた。この事態にどうにか折り合いをつけようとしながら。

雇主のベッドで眠ろうとしたちょうどその晩、彼が友人を招いてそこを使わせたなんて信じられない。もっとわからないのは、その友人が、親密な愛撫をマギーが許す唯一の男性だったことだ。

なぜトムがプリンスと友達なのだろう？　私の雇主と……ちょっと待って。

マギーの背筋に冷たいものが走った。もしも、トム・プリンスがトマソ・スコルソリーニの友人ではなく、トマソ本人なら？

プリンス・トマソ……トム・プリンス。プリンスのベッドで寝ようとするなんて、本人以外に考えられないでしょう？

そう、トムは……プリンス・トマソは私が誰か知っていたのだ。義理の姉が私を雇ったときに。テレーザは過去の雇用関係に触れなかったけれど。それともトマソは私の名字を兄嫁にきかなかったの？　いいえ、彼はまともな父親に違いないもの、雇った人間の名字くらい知っているはずだ。

そうかしら？　世間にはマギー・トムソンなんて大勢いる。どう見ても私は目立つ人間ではないし。

新たな考えが芽生え、ほかのことはわきに追いやられた。ジャンニとアンナの母親は二年前に亡くなっている。安堵《あんど》感が押し寄せ、涙がこみあげてきた。〝トム〟には妻がいない。彼は嘘《うそ》をついていなかったのだ。

でも、どうして私と愛を交わしたの？

初めのうち私は夢を見ていた……というより、夢だと思っていた。でも、トムは最初からはっきり目覚めていたのだろうと思う。もしも彼も夢うつつの状態だったとしたら？

誰かいるとも気づかず、トムはベッドに入ったのだろうか？　眠りに落ちてから目が覚めたとき、隣の女性をリアナだと思ったの？　それとも恋人の誰かだと。そして深夜に恋人といる場合、彼のような男性なら当然の行為に及んだ……そう、愛しあった。つらいけれど、いかにもありそうな筋書きだ。

どこかの時点で彼は私に気づいたに違いない。だったら、なぜ愛しあうのをやめなかったの？　何もかもさっぱりわからない。

ただ、トム・プリンスとしての彼に求められなかったことはわかる。王族のプリンスとしても、同じくチャンスなどまったくないことも。どんな理由でベッドをともにしたにしろ、彼はそれに重要な意味を持たせる気はないのだ。とにかく私とは。

すっかり湯が冷めたバスタブから出てタオルを体に巻き、マギーは寝室に通じるドアをゆっくり開けた。彼がまだ眠っているといいけれど。部屋は相変わらず暗かった。自分の鼓動のほかに聞こえるのは穏やかな寝息だけ。よかった。

彼女は急いでパジャマに着替え、部屋を出て静かにドアを閉めた。そして向きを変えたとたん、ジャンニにぶつかった。

ジャンニは眠そうに目をこすっている。「どうしてパパの部屋で寝てたの？」

マギーは胃がすとんと落ちた気がした。「あなたとアンナにベッドをとられちゃったからよ」

「僕、自分のベッドに行くよ」

マギーはジャンニを子供部屋に連れていった。朝になってもトマソと会わずにすむ方法を必死に考えながら。

もし彼が夢を見ていたと思っているなら、私をリアナだと思ったのなら……前の晩、自分のベッドにいたのが私だと気づかないかも。あまり期待できない話だけれど、一人前の女になった衝撃でまだ眠れそうにない心には、そう考えるのが助けになった。

トマソは安らぎと期待と不思議な感覚とともに目を覚ました。とっさに人のぬくもりを求めて手を伸ばし、もう一緒に寝ている妻も恋人もいないのだと思い出す。二年もたつのに忘れていたとは。すると昨夜の記憶がとぎれとぎれによみがえり、なぜそんな行動をとったのか納得した。

マギーがここにいたのだ……僕のベッドに。ゆうべは彼女と愛しあった。トマソは彼女の姿を捜したが、部屋には誰もいなかった。

彼女は子供たちのことを考えてベッドを抜けだしたのか、それとも、最初からここにいなかったのだろうか？　昨夜のことは夢のようだ。でも夢ではない。マギーは僕のベッドで何をしていたんだ？　彼女にキスしてあんなふうに誘惑するとは、僕はどういうつもりだったんだ？

六年ぶりに会うなり体を求めたとは、信じられない……彼女がそれを許したことも。トマソの知るマギーは、男性の誘いにやすやすと乗る女性ではなかった。彼女を誘惑したのは、疲れていたうえに、あの酔い止めの薬と酒がまじった影響で、とても正常とは言えなかったせいだ。

計画ではマギーが自分の人生にふさわしいかどうか試すはずだった。記憶にあるとおりの女性か見極めたあと、ふたりのあいだにまだ情熱があるか確かめるつもりでいた。ともかくその点では答えが得られた。僕らの相性は問題ない。愛しあったとき、マギーほど興奮をそそられる女性は初めてだった。だが、そう思っても気分はすぐれない。

調査報告書は間違っていたのか？　ベッドに侵入し、六年も会わなかった男を誘うとはどんな女だ？　ふしだらな女。皮肉っぽいが論理的な考えだ。彼女は六年前にも僕のベッドにもぐりこんだ。あのときはバージンだと言ったが、嘘だったのか？

リアナは僕に嘘をついた。性的な魅力で罠《わな》にかけ、欲ではなく愛情から僕を求めていると信じこませた。同じ間違いを繰り返してはならない。

マギーはリアナほどふしだらではない。もう彼女も僕の正体がわかっただろうか？　そして新たな状況を利用しようと決めたのか？　彼女に関する調査報告書が間違いだらけでないかぎり、その筋書きのほうがありうる。報告書によれば、マギーはめったにデートせず、この一年は誰とも性的な関係になかったようだ。

だからといって、戻る前に僕の正体をマギーに気づかれなかったとは断定できない。彼女は僕を誘惑しようとしてベッドで待ち受けていたのか？

いや。その説は理屈に合わない。僕が一日早く帰宅することをマギーは知らなかったはずだ。

しかし、僕のベッドで眠っていた理由がなんであれ、彼女は今ここにいない。わけを知りたい。愛しあうことを彼女が拒まなかったわけも。マギーは一度も抵抗しなかった。彼女らしくない。少なくともかつての彼女を思い出すかぎり。この六年で僕はかなり変わった。マギーもそうなのだろう。しかも悪いほうに変わったのだ。

トマソの鋭い頭脳はその可能性をしきりに思いめぐらしていたが、ベッドから下りようとしてカバーをはがしたとたん、思考が止まった。

乾いた血のあとがあった。シーツについている。彼の体にも。量はさほど多くない。マギーは生理が始まったのか？　だから部屋を出ていったのか？

「パパ！」

耳をつんざくような金切り声に、マギーは目を覚まし、ベッドに起きあがった。添い寝をしていた小さな連れが、ベッドわきに立つ長身で魅力的な男性に飛びついている。

「やあ、お星さん《ステリーナ》。パパに会いたかったかい？」

アンナは細い腕を父親の首にまわしてしっかり抱きついた。「とっても！」

「パパも会いたかったよ、お嬢ちゃん《ピッコラ・ミーア》」

「パパは僕にも会いたかったよね」いつのまにか来ていたジャンニが言った。

「もちろんだとも」トマソはかがんで男の子をすくいあげ、ふたりを抱きかかえた。あふれんばかりの優しさをたたえたトマソの表情を見て、マギーは胸を締めつけられた。

マギーと目が合うなり、トマソの目はうつろになった。防御壁をめぐらす間もなく攻撃された昨夜の記憶がよみがえり、彼女の胸は激しく高鳴った。つらかった。なぜ彼が自分と愛しあったのかまだわからないけれど、ひとつだけ確かな事実がある……トム・プリンスだったときより、彼は手の届かない人だと。この人が私のものになることはない。

「やあ、マギー」

「おはようございます……」ああ、どう呼んだらいいの？ トム・プリンスではないのだし。「あ、あの……殿下」

「トマソでいい」彼は皮肉っぽく応じた。

「パパ、マギーはすてきでしょ？」アンナが言う。

「マギーは最高の子守《ナニー》りだよ」ジャンニが愛情をこめてマギーに笑いかけた。

マギーもほほ笑み返した。今何よりもしたいのはベッドカバーの下に隠れることだけれど。ゆうべ、私はこの男性と愛しあった。それを思い出すと、息をするのもやっとの状態になる。「いいナニーになるのは簡単よ。こんなにいい子たちの世話をするんですもの」

「本当にいい子たちだ。世界一だよ」

父親に褒められて子供たちの顔が輝いた。マギーはこれまでにない不思議な感覚をおぼえた。家族を切望してきたが、面倒を見ている子供がわが子だったらと願ったことはなかった。

だが、ジャンニとアンナの場合は違う。この子たちが欲しい、守ってあげたいと切に思う。プロらしくない感情だし、そんな精神的弱さを感じる自分がいやになる。けれど、父親といるジャンニたちを見ていると、自分は部外者だと思い知らされ、感じるべきではない胸の痛みをおぼえる。

「親子だけで過ごしたいでしょうね」みんな、私の部屋から出ていってほしいとマギーはトマソににおわせた。

初めて入ったとき、この寝室はだだっ広く思えた。マホガニー製のクイーンサイズの天蓋《てんがい》つきベッドでさえ、部屋の広さに埋もれそうだ。だが、トマソは室内空間の大半を占めているように見えた。

トマソはアンナの頬にキスをした。「みんなで朝食をとったら、二時間ほど海岸へ行こう」

その計画は歓声で迎えられたが、マギーの心は震えだした。彼は私とも一緒に過ごすつもり？　ゆうべのことがあったのに？　私を首にしないの？　それとも、彼は覚えていないとでも？

ゆうべ、彼は言葉がはっきりしていなかった。きっとくたくたに疲れていたのだろう……少し酔っていたのかもしれない。もしそうなら、忘れている可能性も考えられる。

マギーの心に希望が芽生えた。もしかしたら、それほど悪い結果にならないかもしれない。

「わあ、パパ、本当に？」アンナは大喜びしている。

トマソは笑顔で娘を見下ろした。「ああ。仕事を片づけてきたから、あと二、三日は会社に行かなくていいんだ」

仕事中毒《ワーカホリック》の父親とこの子たちの関係は悪くないだろうとマギーは推測していたが、それを裏づける様子を目の当たりにして、彼はこういう人になったのかというほろ苦い喜びがこみあげた。

床に下ろされた子供たちは、部屋から駆けだしていった。だが、父親は出ていこうとしない。

トマソはベッドのわきに立ち、謎《なぞ》めいた顔つきでマギーを見ていた。

感じるべきではない激しい欲望に、トマソは歯を食いしばった。心にあふれる後悔の念よりも欲望のほうが強い。目覚めたときの充実感からほど遠い気分だ。今では自分の弱さを恥じている。

トマソは愚かではなかった。それどころか多国籍企業の経営に成功し、事業を世界的規模に広げてきた。だが女性に関しては同じ間違いばかりしている。気に入らない。

マギーもリアナのように僕を手玉にとった。計画がどうだったにしろ、今では結婚の道を選ぶしかなさそうだ。マギーは僕の子を身ごもったかもしれない。もっとも彼女は生理が始まったばかりのようだから、赤ん坊を武器にして、感情に揺さぶりをかけてくる可能性はないだろうが。

そう考えても、気分はよくならなかった。マギーが妊娠した可能性がわずかでもあるかと思うと、気持ちが沈む。それが腹立たしい。自分にもマギーにも怒りをおぼえる。

「海岸で子供たちの相手をするのなら、着替えなくちゃ」耐えがたいほどの沈黙を破ったのはマギーだった。

「ああ」トマソはベッドにいる彼女に手をさしだしたが、マギーは身を引いた。

「パジャマだから」恥ずかしそうに顎までカバーを引きあげる。

トマソは皮肉っぽく眉を上げた。たった一度の愛の交歓では静められない欲望がいらだちとせめぎあう。二年間も女性と縁がなかったのだ。「ゆうべはそんなに恥じらいはしなかったのに」

「ゆうべ？」マギーは当惑したふりをしている。

トマソの怒りは別の段階に進んだ。マギーはリアナなみに嘘がうまい。だが、どうして何も知らないふりをするのか。「僕のベッドで」

「何を言っているのかわからないわ。きっと夢でも見ていたのよ」マギーは嘘が下手なのを自覚していた。声はうわずり、説得するというよりはおぼつかなげに聞こえる。

トマソは怒りをあらわにした。少しも納得していないようだ。「夢じゃない」

マギーはひるんだ。彼は危険なほど腹を立てている。「たしかなの？」

「ああ」トマソは噛《か》みつくように言った。「ゆうべ、僕たちはセックスをした」

あからさまな言葉にマギーはたじろいだ。ふたりのあいだに起こったことを明確にする言葉。もうひとつの事実もはっきりした。トマソは目を覚ましていたのだ。眠っている無防備な私を誘惑したのだ。信じがたいことだが、そう考えるしかない。

なぜそんなことをしたの？

「私……」

「何もなかったふりをしても無駄だ」トマソの目にも声にも冷たい軽蔑《けいべつ》が満ちあふれている。「ゆうべみたいな奔放な振る舞いをしたせいで首にされるんじゃないかと心配してるんだろうが、僕が状況を判断する前に、解雇などできないほど子供たちはきみになついてしまった」

「どう判断するというの？」傲慢《ごうまん》な態度に驚き、マギーは詰問した。その一方、解雇されないのだという安堵感を抑えきれなかった。

「きみがああいう行動をとった理由をはっきりさせなければ。将来アンナとジャンニにどんな影響を与えるかも。僕の娘には、あんな自由奔放なまねはしてほしくない」

「あんなって……私がふしだらだとでも？」

「声を抑えてくれ。こんな話を子供たちやほかの使用人に聞かれたくない」

ほかの使用人？　つまり私はベッドをともにしただけの使用人にすぎないのだ。なんて都合がいいの。かつては家政婦で、今はナニー。

マギーは胸の痛みとともに怒りをおぼえた。ゆうべのことを全部私のせいにするなんて。彼が高慢なプリンスで私が無名の人間だからといって、都合のいい生《い》け贄《にえ》にされるつもりはない。「私はふしだらじゃないわ！」

「どうやら、ゆうべしたことの意味がわかっていないらしいな。六年間も離れていた僕の腕のなかに、きみは自ら飛びこんできたんだぞ」

「だったら、そんなことをしたあなたはなんなの？　ふしだらなプリンス？」

「僕のことじゃなく、きみについて話しているんだ。子供に悪影響を与える可能性も」

「悪影響なんてあるはずがないわ！」どうしてもトマソに信じてもらわなければ。ジャンニとアンナと別れるなんてできない。これまでの人生で喪失感は充分味わった。「私は夢を見ていたんだと思ったのよ。それとも、何も起こらなかったのかと」

「きみには失望したよ、マギー。嘘はつかない人だったのに。きみは完全に目を覚ましていた。僕はそこにいたんだから、間違いない」

「夢うつつの状態で、眠っているのかと思ったのよ。最初は意識がぼんやりしていて、はっきり目覚めたころには抵抗できる状態じゃなかった。誘惑したのはあなたよ！」マギーは彼をにらみつけ、拳《こぶし》が白くなるほどシーツを握りしめた。波打つ怒りに恐怖が消えていく。「それに、六年も会わずにいた相手と愛しあったのは私だけじゃないわ。そもそも始めたのはあなたのほうよ。ゆうべは私の弱みにつけこんだくせに、よくも人をふしだらだなんて非難できるわね。なんて卑劣なの」

マギーの怒りに劣らないくらい、トマソも激高した。「僕は弱みにつけこんだりしていない」

「だったら、眠っている女性のベッドに入って目が覚めてもいない相手を誘惑することを、なんて呼ぶの？　見下げはてた行為よ。でも、あなたなら別の呼び方をするんでしょうね」

「きみは目が覚めていた」トマソは歯ぎしりした。憤りのせいで顔色が変わっている。

「いいえ！　とにかく初めは起きていなかったわ」

「キスしたとき、きみは僕に話をした。相手が誰かわかったからだ。僕にキスしたじゃないか！」

「あなたをトム・プリンスだと思ったのよ……夢に出てきた男性だと」

「僕はトム・プリンスだ」

「違うわ。あなたはプリンス・トマソ・スコルソリーニよ。それに、自分のしていることがわかったら、あなたに触れさせたりしなかったわ」

「嘘だ。きみは僕にさわらせたじゃないか。懇願したくせに……僕のものになりたいと」

自分の奔放な行為を思い出しても、マギーの怒りは静まらなかった。望みがかなったときの苦痛も、行為が終わったあとのむなしさも消えない。「なんとでも好きに思えば。私にはどうでもいいわ。聞こえてるの？　たとえ夢のなかでも、あなたに触れさせたなんて信じられない」

マギーは自制心を失った。目の奥が熱くなってきたが、涙を流すつもりはない。この人のせいで二度も泣いた……六年前と、そしてゆうべ。もう泣くものですか。

「眠っている女性の弱みにつけこむのは性犯罪者よ。あなたがそんな人になったなんて」

「僕は性犯罪者なんかじゃない」激しい怒りにトマソは身を震わせた。

「どうとでも好きに表現して。興味ないわ」

「きみの言うことはまったく筋が通らない。きみの状態を思えばわからなくはないが、こんな侮辱は我慢できない」

「私が気にすると思うの？」

「気にしたほうが身のためだ。僕は雇主だからな」

「どうするのかしら？　首にする？　それは無理よ。私のほうから辞めるわ！」マギーは苦しげに息を吸った。トマソのもとでは働けない……たとえジャンニとアンナのためでも。

「かつてきみは僕の家政婦を辞めようとしたが、うまくいかなかった」

「今度こそ辞めるわ」

「契約違反で法廷に引きずりだされたいのか」トマソは無慈悲に言った。「きみは二年間の契約に署名したんだぞ」

5

トマソの脅しはマギーの怒りをいちだんとあおった。彼女はベッドから飛び起き、彼に詰め寄って指を突き立てた。「だったら私を訴えて、刑務所送りにすれば。あと二日でも、ここであなたと暮らすのはお断りよ。二年なんてとんでもない！」

「ずいぶんわからず屋だな。前はそんな態度はとらなかったのに」

「前？　あなたが卑劣漢になる前ってこと？」

トマソは殴られたかのようにたじろいだ。「月経前症候群を言い訳にするのか。警告しておくが、僕の忍耐にも限度がある。二度とそんなふうに呼ぶのはやめろ」

「私が怒っているのは月経前症候群のせいだと思うの？」マギーは信じられない思いでき返した。

「それがもっとも納得のいく説明だ」

「あんなことをしたあとで聖人ぶるあなたを、私が嫌悪している事実と合わないわね。被害者が誘ったせいだと言うレイプ犯とあなたは同じよ」言いすぎだろうとかまわない。マギーは激怒していた。「参考までにお話しすると、私は生理中でも月経前症候群でもないわ」

トマソは疑わしげだ。「違うというのか？」

「違うわよ！　それに、そんな個人的なことをきくなんて信じられない」

「ゆうべ僕らがしたことは、かなり個人的だと思うけど」

「それはどうかしら。あなたみたいな男性なら疑わしいわね」彼のような男性にとって昨夜の行為は個人的なものでもなさそうだ。マギーは胸を切り裂かれる思いだった。

トマソの青い目が危険なまでに輝いた。急に忍耐が限界に達したのだ。

「それはどういう意味だ？」マギーの両肩をつかみ、彼女が震えあがるような声できく。

「どういう意味だと思う？」

「言うんだ。きみの解釈に興味がある」

静かな口調にこめられた何かのせいで、マギーは返事につまった。「その、とてもはっきりしたことだと思うわ。それに私は経験豊富じゃないのよ」

「もしそれが本当なら、よかった。僕には昨夜みたいに無防備なセックスをする習慣がないんでね」

「〝もし〟？」新たな怒りにかられ、胸の痛みが増した。「私は嘘《うそ》をついたりしないわ」

「ゆうべのことを覚えていないと嘘をついたじゃないか」

またその話。だが、マギーは引きさがらなかった。

嘘をついたのは、トマソがどうしても持ちだすつもりでいた、きまり悪い話を避けるためだった。人をだます目的で嘘をついたことはない。「忘れたいと思っただけよ」

「へえ、それはどうかな。きみは生理が始まっていないと嘘をついたじゃないか」

「嘘じゃないったら！　まあ、たしかに、あなたがなんの話をしているのかわからないと嘘をついたわ。あなたが覚えていなければいいと思って。とにかく忘れたかったの。でも、どうして生理のことで嘘をついていると思うの？」

　たぶん、六年前に考えていたほど私たちはいい友達ではなかったのだろう。自分がプリンスだと彼は話してくれなかったのだから。

「なぜ嘘をつくのか知らないが、シーツに血がついていたんだ。生理が始まったんだろう」

　血がついていた？　入浴したときは気づかなかったけれど、初めて愛を交わした衝撃でマギーは動転していた。しかも相手は、二度と会えないと思っていた男性だったのだ。「生理はまだよ」

「だったら、どうして血がついていたんだ？」

　マギーはかたくなに押し黙っている。

　その表情から何か感じたのか、浅黒いトマソの顔が蒼白《そうはく》になった。「きみに痛い思いをさせたんじゃないだろうな？」

「ええ、実は痛かったわ」彼にようやく認められた気はしたものの、打ちのめされた思いはやわらがなかった。

　青ざめたトマソの顔を見て、マギーの優しい心はそれ以上彼を苦しめられなくなった。

「あなたのせいじゃないわ。とにかく、あなたが手荒なまねをしたとか、そういう意味じゃないの。いくらか出血するのは避けられないのよ」

　トマソは少しも気分がよくなったようには見えな

い。「なぜ避けられないんだ?」

「初めてのときは痛みを伴うものよ。というか、そう聞いてるわ」マギーは口のなかでもごもごとつぶやいた。

トマソが奇妙な声を出した。「きみはバージンだったのか?」

「ええ。でも別にかまわないわ」

トマソは愕然《がくぜん》とした表情でまじまじと彼女を見つめた。「そんな、ありえない。きみは二十六歳じゃないか」

「年齢がどう関係するのかしら。バージンに有効期限なんかないわ。私はふしだらでもないし」

彼はベッドに行って端に腰を下ろした。まるで立っていられなくなったかのように。けれど、プリンス・トマソがそんなに弱いはずはない。

ふいにマギーは自分がパジャマ姿だと思い出した。セクシーなものではないけれど、薄いコットン生地は体を隠しているとも言えない。胸の先がとがっている……寒いせいよ。彼の存在は関係ない。マギーは大きく迂回《うかい》して、ベッドカバーの下にもぐりこんだ。質問したいことがいくつかある。子供たちが戻ってくる前に。

「もしバージンだったのなら」トマソが困惑顔で尋ねた。「どうして僕にキスを求めたんだ……ほかにもいろいろと懇願しただろう」

「言ったでしょう、私は夢を見ているんだと思ったのよ」

「トム・プリンスの夢か」顔色がいくらかよくなり、本来の傲慢《ごうまん》さも少し戻った。

「知りたければ言うわ、イエスよ」

「だけど、きみは目を覚ましていた」

マギーは肩をすくめた。その件はもう終わったと思ったのに。

「僕がこのうえなく卑劣なやり方できみの弱みにつ

けこんだというわけか」

「もしあなたに思いあたる節があるなら……」

トマソの顎がこわばり、彼女に向けた目は熱く燃えている。「僕は性犯罪者じゃない。きみはたしかに起きていた。さもなければ、触れたりしなかった。きみもわかっているはずだ」

マギーは肩をすくめたが、心の奥ではそのとおりだと認めていた。夢が本物に思えたのと同じく、トマソは私の反応を見て、意識があると見なしたのだろう。まだ目が覚めていないうちから。

「きみは僕を求めていた……体は受け入れ態勢にあった」トマソの言葉はマギーの考えを裏づけた。

「充分な準備はできていなかったわ」彼が侵入したときの痛みを思い出す。

「バージンだとは知らなかったんだ。きみをものにしたくて僕は急ぎすぎてしまったから」

「私をものにするなんて、すべきじゃないのよ」

トマソは彼女の不安をかきたてるほど、しばし無言だった。「あれほど受け入れ態勢ができていたんだから、僕との性的な夢をよく見るに違いない」

「そんなこと、あなたには関係ないわ」

トマソはほほ笑んだ。一瞬、彼はマギーの記憶どおりの、愛した男性そのものに見えた。

「きみは僕を忘れなかったんだな」

「そうだとしても、私の頭が優秀ってことにはならないわね。この前あなたに会ったのは、たった六年前だもの。六十年前じゃないわ」

「記憶力だけの問題ではない……きみは僕たちの友情を終わらせたくなかったんだ」

「だったら、なぜ終わらせたのかしら？」

トマソは疑わしげに目を細め、ふたたびほほ笑んだ。今度の笑みは気どりすぎていて、マギーの好みではなかった。「リアナのせいだ」

「そう考えれば、あなたは満足なんでしょうね」

トマソは無言で考えこんだ。気さくな表情はすっかり消え、マギーの知らないプリンスとしての顔が現れた。「もしかしたら、〝夢だった〟という話はすべて策略で、きみはバージンと引き換えに王冠を手に入れようとしたんじゃないのか？　僕にやましさを感じさせて、それを利用しようと考えたのか？　うまい手だが、効果はない」

　マギーは息をのんだ。彼をだましたという言われように愕然とし、怒るのも忘れた。「本気でそんなふうに思っているの？」

　トマソがまた立ちあがった。「ありうることだ」

「へえ。言葉のうえでは、世界的な飢饉《ききん》がなくなることだってありうるわよね。でも今は、もっと実現の可能性がありそうなことを話しているのよ」

「歴史を通じて、女性たちは王冠を頂くチャンスを得るためにバージンを賭《か》けてきたんだ」

「今世紀ではそんなことはないわ」

「実態を知れば驚くだろうさ」

　そうかもしれない。王族の世界は知らないに等しい。「いずれにしても、私が王冠を手にするには、あなたと結婚しなくちゃならないでしょう」

「そうだ」

「だったら心配ないわ。あなたを無理やり祭壇へ歩かせる気はないから」

「もしきみが僕の子を身ごもっていたら……」彼は言葉をにごした。ほのめかしの意味は明らかだ。

　妊娠の可能性を考えてマギーは呆然《ぼうぜん》とし、言葉に窮した。赤ん坊？　トム・プリンスの子？　いいえ、プリンス・トマソの子。とにかく家族、誰にも奪われることのない私の家族だ。

　マギーはおなかに手を当てた。鼓動が速まり、頭がくらくらする。たった一度の経験で妊娠するはずがない。でも、ある特定の期間に一度愛を交わしただけで、もっと安全な日に何度も愛しあうより妊娠の可能性は増す。自分の顔に恐怖が表れているのをマギーは実感した。

「そんな可能性は考えもしなかったようだな」

マギーは首を振り、めまいをおぼえた。

「なぜそんなに動揺する？　これはきみにとって強力な切り札じゃないか」

「赤ん坊は切り札なんかじゃないわ」こんな話をしているのが信じられない。こういう話題になった原因についてはなおのこと。

マギーはプリンスと愛を交わした。彼はお互いに合意のうえだと思っている。その点に関しては、自分に正直になるなら、トマソが正しいと認めるしかない。初めはたしかに夢だと思った。だが現実だと気づいたあとも、彼に対する欲望が強すぎて拒絶などできなかったのだ。

「なかには赤ん坊を切り札にする女性もいる」

何を話していたか、マギーは一瞬思い出せなかった……そう、赤ん坊を切り札にする話だ。彼は実際にそういう経験があったのだろうか。

「私はそんな人間じゃないわ」

昨夜の出来事が自分にどう影響するかで頭がいっぱいだったマギーは、彼の苦々しげな口調の理由を考える余裕もなく、ベッドから立ちあがった。

彼女は体にシーツを巻きつけていた。今さら慎み深さを見せるなんてばかげていると思われてもしかたない。「出ていって。着替えたいの」

「まだ話しあうことがある」

「そうね。私もあなたにききたいことは山ほどあるわ」たとえば、なぜ私がまたトム・プリンスのもとで働くはめになったか、とか。「でも、今はやめましょう」彼女にはその気力がなかった。

トマソは眉間《みけん》にしわを寄せた。「わかった。十五分後にカーロッタが朝食を用意してくれる」

「私抜きで食べてちょうだい。食欲がないの」

「もしも妊娠しているなら、食事をとらないのは赤ん坊のためによくない」

「お願いだから、その話はやめて……少なくとも今は」妊娠の可能性に対処する時間が必要だった。

「あまりにもできすぎた話に、ショックを受けているんだろう」

マギーはトマソをにらみつけた。「わざと妊娠しようとしたと責めているの？」

「責めてはいないさ」

だけど彼は私を信じていない。彼の結婚相手として私がほど遠い存在なのはわかっている。それだけでもつらいのに、誠実さまで疑われるとは。

マギーは何も言わずに向きを変え、シーツを引きずりながらバスルームという聖域に向かった。頭も心も苦悩で騒然としていた。

「マギー」

「出ていって、トマソ。お願い」


マギーは一日じゅうでも自室にこもっていたかった。だが、トマソには六年前と変わっていないことがひとつある。頑固な点が。彼はいつも自分のやり方を通そうとする。プリンスとして育った事実を思えば、当然だ。

二年も同じ家で暮らしながら、彼がプリンスだと知らなかったとは。

マギーがダイニングルームに入っていくと、トマソが目を上げた。彼の視線は手で触れられる気がするほど強く、彼女の肌は忘れてしまいたい感覚で熱くなった。トマソは礼儀正しく立ちあがり、彼女のためにアンナの隣の椅子を引いてほほ笑んだ。

彼がマギーの人生に最大級の爆弾を落とした事実は、その笑顔からはまったくうかがえない。

「きれいだよ」

マギーは大げさに目をまわしたいのを、どうにかこらえた。「ありがとう」

　彼女は長い巻き毛を頭の後ろでクリップでまとめ、ぴったりしたジーンズに、黄色のビーチサンダルとおそろいの黄色いTシャツという格好だった。トマソがつきあってきた女性たちが着ていたようなオートクチュールにはほど遠い。

「ジーンズじゃ、海岸では暑すぎると思うよ」

「大丈夫。暑さには慣れているわ。この前の仕事先はテキサスのヒューストンだったから」それにジーンズなら安心だった。

　ゆうべのことがあったあとで、ショートパンツ、あるいは水着姿でトマソの前をうろつくことを思うと、マギーは身震いした。

「僕たちが行ってた大学からかなり離れた場所だな。どうしてそんなところへ？」

「仕事よ。そういう情報は、すべて私の履歴書に書いてあるわ」

「僕はきみから聞きたい」

「私もあなたから聞きたいことがあるの」

　どんなことか想像はつく、とトマソの目が告げている。「それはあとでもいいだろう？」彼は意味ありげに子供たちを見やった。

「ええ」

「なぜヒューストンに住むことになったんだ？」

「大学を卒業して最初の仕事先は、シアトルの家庭だった。そこの人が、テキサスに住む知り合いの一家に私を推薦してくれたの」アメリカを横断すれば、トム・プリンスをきっぱり忘れられるのではないかと思ったのだ。

　効果はなかった。夢も一緒についてきたのだ。

「どうして最初の仕事を辞めたんだい？」

「いちばん下の子が高校に入ったから、私はお役目ごめんというわけ」

「きみはそう思っていないような口ぶりだな」

「高校生って本当に難しい年ごろなの。それに両親とも多忙で、子供たちとあまり過ごせなかった。子供といる時間があって、生活に安定した影響を与える唯一の大人は絶対に必要だわ」

「それを子供の親に話したのかい？」

「いいえ。そこの家族と過ごしたのはわずか二年だし、私の落ち着き先でもなかった。でも、私ならそんな決断は下さなかったわ」

「きみなら、子供が何歳になっても、学校から帰ってきたら必ず相手をする母親になりそうだな？」

先ほどの会話を考えれば、その質問にはかなり重要な意味があった。だが、名誉あるシングルマザーになるつもりはないことを、はっきりさせておきたかった。「ええ。でも夫になる人には、子供にたっぷり愛情をそそいでもらいたいわ」

「男が義務を負うものは――」

「家族に始まって家族に終わるべきよ。それ以外は一時的なものにすぎない。その逆はないの」

「実に単純な人生観だ」

「かもしれないわね」マギーは認めた。「でも、私はそう思っているわ」

「里親制度のもとで育ったにしては、家族についてしっかりした意見を持っているんだな」

「子供にとって何が最良かは、両親に愛されて育たなくても、わかるわ」

「たぶんそうだろう」

「私は家族にどう尽くすかで自分の居場所が決まると思い知ったの。愛されはしなかった。もし子供を持ったら、違う人生を見せてあげたいわ。自分たちがいちばん大切にされ愛されていることを、いつも感じさせてあげたい。私の愛情を勝ちとるには、何かをするとか、申し分ない態度でいなければなんて思わせたくないの。愛されているという安心感を子供に与えない男性とは結婚しないわ」

さあ、トマソはこの話をじっくり考えればいいのよ。見たところ、彼の家庭観はマギーとはかなり違うようだ。

「サトオヤセイドって何？」アンナがきいた。

「パパやママじゃない人の子として暮らすことよ」

「あたしたちがマギーといるみたいに？」

マギーは笑った。「いいえ。アンナはパパと住んでいるでしょう。私は、パパに頼まれて働いているあなたたちの子守り《ナニー》よ」

「でも、マギーにママになってもらいたい。最高のママになってくれそうだもん」アンナは父親のほうを向いた。「パパ、マギーはママになれるの？」

「ばかだな」ジャンニが言う。「パパと結婚しなければ、マギーはママになれないよ。でもパパはプリンスだから、使用人とは結婚できないんだ」

こんな幼い子供の口から傲慢な言葉を聞かされるとは。マギーはたじろいだ。

だが、トマソは笑っている。「違うんだよ。今は二十一世紀だからね。たとえプリンスでも好きな人と結婚できるんだ。きみたちのママはプリンセスじゃなかったけど、パパと結婚しただろう」

ジャンニが父親譲りの青い目で見つめる。「でも、ママはプリンセスみたいにきれいだったよ」

マギーは激しい胸の痛みをおぼえた。妊娠していようがいまいが、私がトマソの世界に属することはなく、彼が私の世界に属することもない。ジャンニの言うとおりだ。私はトマソの人生に現れた女性たちのような美人ではない。彼みたいに並はずれた地位と個性を持つ男性にとって、私はあまりにも平凡すぎる。生涯にわたってトマソの関心を引きつづけられるわけがない。

「マギーもきれいだもん」アンナは断固として彼女の肩を持つ。「ママになってほしくないの？」

ジャンニの無表情な顔はあまりにも父親そっくり

だった。「マギーは二年しかいないんだよ。テレーザ伯母さんに話してるのを聞いたんだ。ママだったら死ぬまで一緒にいなきゃ。でも、僕はナニーのほうがママよりいいな。毎日会えるから。ママなんていらないよ」

ときどきジャンニがよそよそしくなる理由がわかり、マギーは罪悪感にかられた。ジャンニは幼いうちに母親を失うという悲劇を経験したのだ。マギーがずっといるつもりがないことを知ったせいで、自分の感情を守ろうとしているのだろう。

「お兄ちゃんの言うことなんかいや。マギーにママになってほしいの！」三歳の子らしく、アンナは今にも泣きだしそうだ。

「アンナの願いはたぶんかなうよ」トマソがなだめるように言い、振り返ってジャンニの髪をくしゃくしゃにした。「おまえも、マギーがママになる考えがきっと気に入るさ」

ジャンニの唇が震えだした。「でも、もしマギーがいなくなったら？」

「結婚してくれたら、パパはマギーを放さないよ」

ふたりの幼子は希望をこめた目で父親を見上げている。マギーは胸が張り裂けそうになり、同時に怒りがこみあげてきた。希望を持たせて、希望がかなわなかったら、子供たちがどれほど傷つくか、トマソはわからないのだろうか？

今朝どんなことを言ったにせよ、トマソが私との結婚を真剣に考えているわけがない。私は彼のタイプではないし、タイプの女性にもなれない。そうわかったことが何よりつらかった。

トマソ親子とマギーは海岸へ行き、トマソは子供たちの凧《たこ》揚げを手伝った。それから三人が浜辺を散歩しているあいだに、プライベートビーチの休憩所にマギーは敷物を広げた。うつぶせに寝て、波打ち際で遊ぶ三人を眺める。トマソの子を身ごもった可能性を考えると胸がざわつく。

もし妊娠しても、トマソが本気で結婚を考えるはずがない。でも彼はプリンスだから、婚外子を持つことは現代のふつうの男性より荷が重いかもしれない。だったらなぜ、彼は避妊具を使わなかったの？　私がバージンでないと信じていたとしても、ピルをのんでいると決めてかかる理由はないはず……安全だと思いこむ理由も。

疑問への答えを得るどころか、今朝のやりとりのせいでマギーの考えはますます泥沼にはまった。

だが、真っ先に浮かんだ狡猾《こうかつ》な考えが頭から離れない。もしもトマソと結婚したら、子供たちの母親になれる。あの子たちと別れずにすむ。そして、いつもあこがれていた家族を持てるのだ。

やがて水遊びに飽きた三人は休憩所にやってきて、砂の城を作った。トマソが幼いふたりの面倒をどんなによく見ているか、マギーはじかに知る機会を持てた。結婚を迫るためにバージンを利用したなどと皮肉っぽく責める支配的な男性にしては、驚くほど優しい面がある。

そして、きみが一緒にいてくれて本当にうれしいとお世辞まで言う。彼女を非難したことを考えると、まったく筋が通らない。マギーは彼の魔力にはまるまいと用心した。だが時間がたつにつれてそれはしだいに難しくなり、六年前に知っていた愛する男性の面影がますます見えるようになってきた。

子供たちをベッドに入れるのを手伝うとトマソが言い張り、マギーは家族という感覚が不安定ながらも育っているのを感じた。でも、私はトマソの妻ではない。ナニー……彼の使用人だ。でも、使用人以外の存在だったときがあっただろうか？

子供を寝かしつけて自室に帰ろうとしたマギーを、トマソが廊下で呼び止めた。「散歩に行こう」

マギーも彼にききたいことがあったし、答えを耳にしそうな子供たちもそばにいない。「いいわ」

満月の輝く美しい夜だった。そよ風のせいで、クリップでとめていてもマギーの髪がゆるやかに舞いあがる。

「この島が好きよ」

「テレーザの話では、きみはこのディアマンテ島で楽しく暮らしているそうだな」

「あなたの屋敷はすばらしいわね」

「両親の別荘だったんだ」

「別荘？」バチカン宮殿なみに大理石の彫刻や芸術品で飾られた、スコルソリーニ島にある宮殿の壮麗さにはかなわないが、八寝室あるトマソの屋敷はマギーにとって別荘にはほど遠い。

「両親は国を治めるプレッシャーから逃れるためにここへ来たらしい」

「お母さまは何年も前に亡くなられたのよね？」

「僕が生まれたときの合併症のせいで」

それを知ってトマソは傷ついたのだろうと、声からわかる。

「気の毒に。つらかったでしょうね」

「きみよりはましだよ」

「私の両親は私が八歳になるまで生きていたわ。家庭を通じて自分の子供たちに与えたいものを、両親から充分に教えてもらった」

「そうだろうな。事故か何か？」

「ええ。その事故で私だけ助かったの」

「僕らには共通点があるな」誕生したときにトマソは助かったが、母親は亡くなったのだ。

「そうね」

トマソが肩越しに笑みを向けた。「子供たちがこの島にはダイヤモンド鉱があると言っていたけど」

「ああ。そこから島の名がついたんだ」

「じゃあ、ルビーノ島やザフィーロ島にはルビー鉱やサファイア鉱があるの？」

「いや。それは詩的な響きがするという理由でつけられたんだ。でも、ザフィーロ島でリチウムが発見された。じきに採掘業者や宝石商は、船舶会社と競うほどわが国のＧＮＰに貢献することになる」

「自分の仕事を誇りに思っていいわね」

「僕自身が採掘しているわけじゃない」

「でも、経営しているんでしょう」

「テレーザから聞いたのか？」

「子供たちはパパの話をするのが好きなのよ」

「で、僕に子供と過ごす時間が足りないと言いたいんだろう？」トマソがずばりと言う。

「きかれたから答えるけど、イエスよ」

「僕が事業から手を引けば、国全体のＧＮＰが衝撃を受けるという事実についてはどう思う？」

「仕事は重要だけど、子供ほどではないわ」

「きみと子供たちの絆《きずな》は強いんだな」

「強すぎるかもしれない」

「どうしてそんなことを言うんだ？」

「私が辞めるとき、あの子たちは傷つくわ。今朝ジャンニが言ったことを聞いたでしょう」

「息子にも話したが、きみを放すつもりはないよ」

「たった一度欲望に負けて過ちを犯したからといって、結婚する必要はないわ」

　ふたりはベンチのそばまで来ていた。トマソが振り返り、マギーに視線を向けた。決意もあらわなその表情が、満月の明るさのなかではっきり見てとれた。「もしも僕の子を身ごもっていたら、僕と結婚してくれ」

6

「ばかなことを言わないで、トマソ」

トマソはマギーの両肩をつかんだ。近づきすぎて体が触れそうになる。「きみが僕の名を呼ぶ感じが好きだ。アメリカ風の訛《なまり》が魅力的だよ」

「あなたの訛が現れるのはいらいらしたときだけね。というより、話し方が変わるわ」

「どんなふうに？」興味深げにききながら、トマソは親指で彼女の肩を物憂げになぞる。

「話し方がよけい堅苦しくなるのよ」マギーは無頓《むとん》着《じゃく》を装おうとしたが、気分はほど遠かった。

「ああ。六年前はほかの大学生に溶けこもうとしてずいぶん努力したよ。だが、イゾレ・デイ・レではイタリア語が公用語なんだ。母国語の影響がある僕の話し方は、きみのアメリカ英語とは少し違う」

「でも、ここでは誰もが英語を話すわ」

「アメリカ合衆国に近いからね。かなり影響を受けている」

「スコルソリーニ島では気づかなかったわ。宮殿がすてきね。公式用の部屋のフレスコ画はシスティナ礼拝堂のものに匹敵するくらい」

「わが一族はシチリアの出だ。ローマではない」

「どちらもイタリア人でしょう」

「シチリア人は何よりもまずシチリア人であることを優先する。イタリア人であることは二の次だ。そう生まれついている」

「それで納得したわ」

「何が？」

「傲慢《ごうまん》なところ」

彼が笑うと、マギーの体に震えが走った。

「あなたの笑い方が好きよ」

「僕のことが好きなのかと思っていた」

彼女は目をそらし、真っ暗な海を見つめた。「本当にうぬぼれ屋ね」

「いや、論理的なだけさ。ゆうべ、きみが腕のなかにいることを許した男はひとりだけだ。トム・プリンスだよ。なぜか？　きみは僕の夢をよく見ていた。ゆうべの官能的な出来事をきみはいつもの夢だと思った。そこから、きみがどれほど僕を思っていたかがわかる」

「夢の話は、私の嘘《うそ》だと確信していたんじゃなかったの？」

「きみが嘘をついた可能性を考えていただけだ。今では本当だったと信じている。ゆうべのきみの反応は、長年別れていた恋人と会ったときのものだった。六年も会わずにいた男と初めてベッドをともにする女性の態度とは違った」

「その違いがわかるっていうの？」

「ああ」マギーがさっき非難した傲慢さのたっぷりこもった口調でトマソは言った。

「わかったわ」

「どうかな。きみはうぶすぎるからな」

「もう違うわよ」

「いや。まだ絶頂感を味わっていないだろう？」

「その話はしたくないの」

トマソは指で彼女の顔をはさみ、そっと自分のほうを向かせた。「次はもっといいはずだ」

「次なんてないわ」

「いや、ある」ひどく自信たっぷりの表情だ。「きみはもう僕のものだ」

「いいえ」

それ以上の抗議をトマソの唇は許さなかった。

権利を主張するキスはあっさりしたものだったが、気持ちと裏腹にマギーの体は反応した。唇が触れるなり、とろけそうになる。唇が離れた瞬間、マギーは彼の首をつかんで体を押しつけた。

「きみは僕のものだ」

マギーはいつも彼のものだった。でも、そう認めるつもりはない。トマソは自信過剰だもの。

「息が荒いのは私だけじゃないわね」

「つまり？」

「つまり、もし私があなたのものなら、あなたも私のものだということよ」マギーにはそんな自信などなかった。だが、対等な関係にするつもりだと彼にわからせなくては。たとえ対等でなくても。

「当然だ」

マギーは驚いてトマソを見つめた。「本気で言ってるんじゃないでしょうね」

「なぜだい？　結婚とは大きな一歩だ。夫婦のどちらにも努力や責任感が求められる」

「今は結婚の話をしているんじゃないわ」

「違うのかい？」

「あなたって相変わらず頑固ね」

「マギー、僕たちは同じものを求めている。きみも気づくはずだ」

「保育所経営のために、採鉱や宝石加工の会社経営をやめたいと思ってる？」

　トマソは笑い声をあげ、また歩きだした。

「テレーザに雇われた私が誰か、あなたは知っていたの？」そろそろ教えてくれてもいいころだ。

「ああ」

「テレーザは私たちが知り合いだったと知っているの？　何も言ってなかったけど」

「彼女には話していない」

「どうして？」

「きみが欲しかったから。僕のことを知ったら、きみが来てくれないと思った」

「私があなたの子供たちの子守り《ナニー》になるのが、どうしてそんなに重要だったの？」

「僕は子供にとって望ましい母親を探そうと決めたんだ。僕にとって望ましい妻も。リアナに出会ったとき、彼女が美人で魅力的だったから結婚したいと思ったが、リアナは母親失格で、責任感もなかった。今度は〝愛のために結婚する〟という失敗は繰り返せない。自分の義務を心得て果たしてくれる妻が必要だ。僕や子供たち、国への義務を。以前、きみは僕のために尽くしてくれた。だからもしも変わっていなければ、きみは僕の求める妻にふさわしいかもしれないと思ったんだ。きみをここへ連れてこようと決めたのは、それを確かめるためだ」

話を聞くうちにマギーの心は麻痺《まひ》していった。トマソが私との結婚を望むのは、愛しているからではない。求めているのはガールスカウトなみの忠誠心とサービス精神。男女の関係を始める理由として、これほど平凡でロマンのかけらもないものを、マギーは想像できなかった。

「冗談でしょう」

「こんなに重要なことで冗談など言うものか」

「でも、家政婦としての能力を基準に妻を選べるはずがないわ」

「選べるさ。だけど今回の場合、子供たちにきみがどう接するか見ようと思った。ナニーという役目はそれを調べるのにうってつけだった。きみが僕の記憶どおりの女性か見極めるのに。かつて僕に与えてくれたのと同じなごやかな家庭を子供にも与えられるかどうか」

「だから、ナニーの権限外に思われる決断をここの使用人たちが私に求めてきたわけね」

「きみをそういう立場に置くよう指示したんだ」

「じゃあ、私がふさわしい女性かどうか試していたのね」マギーはそっけなく言った。

「ああ」

「だったら、結婚の話は早すぎるんじゃない？　もうテストしなくてもいいということ？」

「ゆうべ、状況は変わった」

「ベッドをともにしたから？」

「ああ。本当は待つつもりだった。ほかの点が合格だとわかったら、僕たちのあいだの情熱を試そうと思っていた」

　情熱。愛ではない。トマソは美しいリアナを愛した。今度は便宜上、平凡なマギーと結婚したがっているのだ。「だったら、なぜ待たなかったの？」

「きのうはまともな状態じゃなかった。一日半、ろくに眠っていなかったうえに、乗り物酔いの薬と酒ものんで、頭が混乱していたんだ」

「じゃあ、酔っていたのね？」どうりで言葉がはっきりしないと思ったわけだ。でも今は、今朝ほど希望が持てない。トマソの行為は、マギーの女性としての価値と無関係だったわけだから。

「ああ《シ》」

「ベッドに入る前に私に気づいたんでしょう？」

「ああ《シ》」

「だったら、なぜ入ってきたの？」

「本当のことを言ってほしいのか？　あまりに疲れていて、場所を移動する気力もなかったんだ」

「私を誘惑できないほど疲れてはいなかったわ」

「おやすみのキスをしただけさ。それにきみが応《こた》えたんだ」

　そう言われてもマギーは納得できなかった。「どうして私にキスしたの？」

「説明できない。あのときは当然のことに思えた」

言い訳がましい態度は、いつもの傲慢な彼に似合わない。「僕たちはこうなる運命だったんだよ」

「だけど、神の摂理でもないわ。私はあなたのタイプじゃないもの。リアナとはまったく違うわ」

「それを聞いてうれしいよ。彼女は僕の暮らしに喜びよりも不協和音をもたらしてくれた」

「どういう意味？」

「リアナとの結婚では家庭の幸福が得られなかった。王族の地位や国民への義務に縛られるのを彼女は嫌った。母親業にも熱心でなく、子供たちとあまり過ごさなかった。僕が家庭の安らぎをもっとも感じられたのは、きみが家政婦をしてくれたときだ。六年前はリアナの美しさと魅力に目がくらんだが、今は美人を見てもそう簡単に心を動かされない」

マギーが美人でないとはっきり言ったも同然だった。自分でもわかっていたことだが、あからさまに指摘されて、マギーは打ちのめされた。「でも、情熱は？」小声できく。

「情熱なら分かちあっているだろう……かなり」

怪しいものだ。愛しあったのは、トマソが酔っていて、しかも都合よく私がベッドにいたからだ。そんな情熱は本物とは言えない。

「ねえ、確認したいんだけど、あなたは私が妻としてふさわしいかどうか試すためにこの島へ連れてきたのね？」口に出すだけで腹が立つ。

トマソは私をふつうの方法で求婚するには値しないと思ったのだ。テストに合格しなければ、結婚を申しこむつもりもなかったのだろう。

「ああ。だけど、昨夜のことがあったおかげで評価を下す手間が省けた。きみが子供たちと実にうまくいっているからよかったよ」

「言い換えれば、二年以上雇用契約書にサインするナニーが欲しかったわけね」

「ばかな。僕の妻になるということは子供の世話だけじゃない」

「そうでしょうね。あなたのベッドを温める役目も果たしてほしいんでしょう」

「お互いに楽しめることじゃないか」

「私には当てはまらないわ」

侮辱されても、腹を立てるどころか、トマソは男性としての自信をこめてほほ笑んだ。「この次はきみにエクスタシーの叫び声をあげさせるよ」

「それは……すぐに試したいことじゃないわ」

　さらにトマソが近づいたせいで、マギーは体が反応しそうになり、必死で息をつめた。

「試したいと思わせようか」

「そんなことしないで」

「なぜ？」

　マギーはあとずさった。「あなたは家庭の安らぎを得る方法を見つけたと思っているみたいだけど、私は確信がないの。私はナニーとして雇われたんだし、今のところの役目はそれだけよ」

「僕の子供を身ごもっているとしたら？」

「その話はしたくないの」

「僕はしたい。妊娠の可能性をはっきりさせたほうがいいだろう」

「どうやって？」

「明日、医師に診てもらおう」

「ばかなこと言わないで。マスコミの標的になるなんていやよ」

「じゃあ、妊娠検査キットを使うか。今ではかなり正確だから」

「経験上知っているの？」

「リアナは二度目の妊娠を検査キットで知って、診察を受けることに同意したんだ」

「まあ。いったいどこで検査キットを手に入れたのかしら？」プリンセスが地元の店でそんなものを買うなんて想像もつかない。

「さあね。でも、きみのために手に入れるよ」

　それなら、医師に診てもらいに行くのと大して変わらない。マギーは抗議しようとした。だがトマソの指に唇を封じられた。

「こっそりとやるさ」彼は手を引っこめたが、その際、下唇を指先でかすめた。「いいかな?」

「ええ。ありがとう」マギーは向きを変え、屋敷のほうへ歩きだした。

「マギー?」

マギーはそのまま歩きつづけた。「何?」

「僕の子を身ごもっていたら、絶対にきみを放さないよ」

翌朝、食事の席で、トマソは子供たちとマギーをシュノーケリングに連れていきたいと言った。

「私も行かなくちゃだめ?」マギーは尋ねた。近くの礁湖の透明に輝く青い水のなかでシュノーケリングをするという考えは魅力的だけれど。

「マギー、パパがみんなをシュノーケリングに連れていってくれたらいいって言ってたじゃないか。忘れたの?」ジャンニがきいた。

マギーはたしかにそう言った。子供たちが父親と出かける話をしていたとき……あれは彼女が父親の正体を知る前だった。「行きたくないとは言ってないわ。よけいな人間が行ってもいいのか、あなたたちのパパに確かめたかっただけよ。一週間も離れていたんだもの、パパはあなたたちを独り占めしたいに違いないわ」

「でも、マギーも一緒のほうがずっと楽しいわ」アンナが悲しそうな顔で言った。

「きみも来てくれ」反論は許さないとトマソの口調が告げている。

「パパは最高の場所を知ってるんだ。全然怖くないよ」ジャンニが熱心な口ぶりで言う。「パパがそう言ったんだ」

パパが言ったのなら間違いないわね。マギーはほほ笑んだ。「わかったわ。でも、私を置いてきぼりにしないって約束してね」

「僕が一緒にいるよ」ジャンニが約束した。

「僕もだ」トマソの声にこもった響きに、マギーははっとした。

トマソは私の反応に気づいたはず。マギーがわかってきたことがあった。彼は六年前に知っていた男性よりはるかに冷酷だ。私を口で説き伏せられなければ、誘惑という手段も辞さないだろう。いずれにしろトマソは望みのものを手に入れる。彼に面倒をかけず、子供の世話をしてくれる妻を。

「あたしも一緒にいる」のけ者にされまいとアンナが甲高い声を出した。

マギーはアンナの髪をくしゃくしゃにして、ありがとうと言った。少なくとも自分とトマソのあいだには、さえぎってくれる子供たちがいる。

四十五分後、子供たちがいるから安全だという期待は、残念ながら消えうせていた。

この十分間、トマソはマギーに熱い視線をそそいでいる。控えめなワンピースの水着の上に着たTシャツとショートパンツを脱いでから、ずっと。もう控えめな水着には思えない。彼の視線は、ぴったりしたライムグリーンの生地の下を見透かしているようだ。

とにかくトマソはとんでもない人よ。彼が私に感じると言い張るこの情熱だって本物ではない。望みのものを手に入れる手段にすぎない。トマソが得意とすることだ。けれど、マギーの体は嘘と真実の区別がつかなかった。これはトマソが私を意のままにするための手だと何度自分を戒めても、熱い情熱が本物であるかのように反応してしまう。

トマソが船縁《ふなべり》から水中に飛びこみ、みんなが加わるのを待った。マギーは子供たちを水に入れ、自分も海のなかにすべりおりた。たくましい筋肉質のトマソの体にぶつかる。

彼の腕がウエストにまわされ、脚をからめられると、マギーは息をのんだ。「トマソ」

「なんだい？」

「子供たちが」

トマソは笑った。「子供たちなら魚のように泳げるし、ここで待っているよ」

「でも……」

トマソは片手をマギーの体にすべらせ、わが物顔に背中をなぞってから、体を離した。実に巧みな誘惑の方法だ。「用意はいいかい？」

「ええ、もちろん」実際は、軽く触れられただけでマギーは息もできなくなっていた。

「よし、それじゃ」

全員がマスクをつけた。手慣れた様子からして、子供たちが何度も経験しているのは明らかだ。そしてジャンニの言うとおり、彼のパパはシュノーケリングに最高の場所を知っていた。

水面下には、鮮やかな色をした海のさまざまな生き物がたくさんいる。まもなくマギーはすっかり夢中になっていた。力強い腕でふいに体をひっくり返されたとき、彼女は驚きの叫び声をあげた。水中に沈み、そして浮かびあがる。

マギーは顔からマスクをむしりとり、マウスピースを吐きだした。「ひどいわ！」トマソに向かって金切り声をあげる。

トマソは無邪気を装い、目を見開いた。「なんのこと？　きみの注意を引こうとしただけだよ」

子供たちが近くで歓声をあげている。トマソの青い瞳もまぎれもなく笑っている。

「だったら、軽くたたけばよかったのよ」

「そうしたよ、二度も」

「まあ」マギーは気づかなかった。

「あたしは足をくすぐったのよ」アンナが言う。

「私の足は鈍感なの」

「そのようだな」トマソの目にいたずらっぽい光が

きらめいた。「ほかの部分はどうだろう?」

「確かめようとしないで」彼が試したら自分がどう反応するか見当もつかない。

「おなかがすいた。お昼にしようよ」父親がまた誘惑の言葉を口にするより早く、ジャンニがマギーに言った。

「でも、まだそんな時間じゃないわ」

トマソはダイバーズウォッチを見た。「昼食の時間を三十分も過ぎている」

マギーは唖然《あぜん》とし、子供たちの肩が日焼けしていないか、あわてて調べた。幸い赤くなっていなかったが、ナニーとしての罪悪感は晴れなかった。「強力な日焼け止めを塗っておいてよかったわ。だけど、こんなに長い時間水のなかにいたのに気づかなくて、ごめんなさい」

ジャンニは大騒ぎする母親を見るような目でマギーを見た。「僕たち、楽しかったよ。でも、おなかがすいたんだ」

「ああ、楽しかったな……いろいろと」

トマソが子供たちの頭越しに言った。その言葉に含まれた意味を悟り、マギーは赤面しそうだった。

「パパはシュノーケルなしでもぐったのよ。鮫《さめ》のふりをしたの」アンナが言う。「でも、パパがマギーの下にいたのに気づかなかったでしょ?」

「ええ……気づかなかったわ」トマソに視線を向けられ、マギーは爪先まで焼けそうな気がした。

「水中からの眺めは、水面からよりもっとよかったよ」

これも誘惑だとわかったが、今度はマギーもその手に乗らなかった。平凡な私の体つきにトマソが賛嘆の目を向けるなんて信じられない。「船に戻りましょうか?」

「そうだな」

トマソは子供たちを船に乗せ、手を貸そうとしてマギーを振り向いた。だが、彼女は立ち泳ぎしながら後ろに下がった。

「ひとりで大丈夫よ」

「だけど、紳士はいつもご婦人を助けるものだ。そうだね、ジャンニ、アンナ？」

「そうだよ、パパ」ふたりは声をそろえた。

「子供の前で悪い手本を示させたくないだろう？」

トマソがどんな手本を示そうと、マギーはどうでもよかった。子供たちがいれば、トマソの態度も変わると思っていたなんて、私がばかだった。彼は芸術的なほど巧みに微妙な誘惑ができるのだ。

マギーは返事をしなかったが、広いステップまでトマソに引きあげてもらった。

彼はマギーのウエストに手をかけたまま、離そうとしない。「ほかの男の前でこの水着は着てほしくない」

「なんですって？」思いがけない言葉にマギーは衝撃を受けた。「どうしてだめなの？」

「水着が濡《ぬ》れているときの自分を見たことがあるかい？」

泳ぐときに自分を見る習慣などない。独占欲のこもった彼の口調を計りかね、マギーはすばやく目を伏せた。たちまち驚愕《きょうがく》のあえぎがもれる。

乾いているときには気づかなかったが、濡れると、ぴったりしたライムグリーンの生地が色鮮やかになり、肌が透けて見える。張りついた生地を通して、硬くなった胸の先が黒みをおびて見え、胸のふくらみがくっきりしている。幸いにも、腿のつけ根の部分はぼんやりとしか見えなかった。

マギーは体に腕を巻きつけ、彼をにらんだ。「教えてくれてもよかったのに」

「なぜ？　眺めを楽しませてもらったよ。もっとも、この楽しみを誰とも分かちあいたくないけどね」

「私はあなたのものでも誰のものでもないわ」

　トマソはからかうように眉をつりあげた。「それは解釈の問題じゃないか」

「違うわ」

「足ひれ《フィン》をはずしてほしいかい？」

　イエスと言うしかない。丸見えの体を両腕で隠しているのだから。マギーはうなずいた。

　トマソはゆっくり時間をかけた。片手を彼女のふくらはぎからすべらせて足首を優しくマッサージしながら、もう一方の手でフィンをはずす。足首から爪先へと移った手がマッサージを続ける。マギーはぞくぞくした。

「気分がよくなったかい？」

「え、ええ……」

　トマソはわけ知り顔でフィンを船のなかに投げこみ、もう一方の足にも同じことを繰り返した。自分で脱げばこれほど時間はかからないが、マギーはひと言も抗議しなかった。両方ともはずれると、マギーは軽く息をはずませていた。彼に触れられて反応したことが見え見えの状態だ。

　トマソは両手を離しながらウインクした。「さあ、いいよ」

　マギーは息を吸ってうなずいた。たしかに両方ともはずれたけれど、トマソのいちばんの目的が装備をはずすことだったわけがない。

　片腕で胸を覆ったまま、片手だけでマギーは船に乗りこんだ。背中にトマソの視線を感じる。濡れた水着の後ろ姿はどんな感じか、知りたくもない。

　彼女は体も拭《ふ》かずに大判のタオルを体に巻きつけた。この水着は二度と着ないつもりだった。

7

トマソは実に優雅な身のこなしで船に乗り、モーターを始動させた。錨《いかり》を上げ、浅瀬まで船を走らせてエンジンを止める。ふたたび錨を下ろしたところは岸からそう遠くなかった。

今度はトマソに船から助けおろされるときも、マギーは歯を食いしばって耐えた。ただでさえ今日は彼に反応しすぎた。けれど、鼓動が速まるのを抑えることはできない。

初めての経験は苦痛を伴ったが、トマソと結ばれる前の喜びをマギーの体は覚えていた。六年前に彼が与えてくれた、完璧《かんぺき》に満たされたという恍惚《こうこつ》感と同様に。身も心もトマソを切望している。まるでこの六年間などなかったかのようだ。昔と同じく、マギーはトマソに感情を刺激された。たった一夜の出来事がこれほど影響を与えるものだろうか？

欲望で混乱した頭では答えが出なかったが、体のなかに大きな変化が生まれたことは否定できない。彼女の心にはふたたびトムの場所ができた……またはプリンス・トマソの。どんな名前で呼ぶかは問題ではない。心を占める男性は彼だけだ。

これほどの衝撃をトマソから与えられたのに、防御するすべがないなんて。マギーにできるのは無関心を装うことだけだ。

四人は木の葉が生い茂る下でランチをとった。鬼ごっこに興じたあと、マギーは木陰の敷物の上で子供たちと昼寝を楽しんだ。

何か柔らかいものにおなかを撫《な》でられている気がして、眠りから覚めた。目を開けると、トマソが隣に座り、椰子《やし》の葉でマギーの敏感な肌をなぞっている。とうに乾いたとはいえ、薄い水着では、彼が引きだそうとしている興奮は隠せない。

体を覆っていたタオルはどうしたのだろうと思ったとき、椰子の葉が危険な場所に移動したことに気づいた。胸の谷間にまで侵入している。「いったいどういうつもり――」

「しいっ」トマソは彼女の唇に指を当てた。「静かに。子供たちはまだ眠っている」

マギーは、椰子の葉でなおもじらすトマソの手に手をかけてやめさせようとした。続けてほしい気持ちもあったが。

トマソは彼女の唇から激しく脈打つうなじへと指を這《は》わせていく。「きみが欲しい」

「だめよ」

「きみも僕を欲しがっている」

マギーはふたたび否定したかったが、嘘《うそ》はつけなかった。とはいえ、欲望に恐怖心も少なからずまじっている。また痛みを感じるだろうか？

「いや、痛くはしない」

「何もきいていないわ」マギーは小声で言った。

「きみの目が問いかけているよ」

「どんなふうに？」

「また苦痛を味わうんじゃないかと恐れているだろう。でも痛くないと約束する。初めて愛しあったとき、きみがバージンだと知っていたら、痛みを感じさせないように用心したんだが」

マギーはいやでも気がついた。彼は愛しあったことを後悔しているとは言わなかった、と。「その……初めてのときは痛いものなんでしょう？」

「たぶん少しはね。でも、痛みなんか気づかないほど強烈な喜びを生む方法もある」

「喜びはかなり感じたわ……結ばれる前に」

「僕が急ぎすぎたんだ。徐々になじませてあげるべきだった」

「バージンを相手にした経験が豊富なのね？」

トマソはマギーの隣に横たわり、片肘をついて体を支えた。「いや、初めてだよ」

じっと見つめられて、マギーは落ち着かなくなった。「私とあなたは住む世界が違うのよ、トマソ」悲しげにつぶやく。

彼は指先でそっとマギーの頬をなぞった。「きみは間違っている」

「いいえ」

「きみには僕の子供たちの母親になってほしい。だから住む世界は同じだよ」また反論するすきを与えず、トマソは優しく唇を重ねた。

唇が合わさったとき、マギーはもっと一方的な激しいキスを予想していた。だが、こんな優しいキスならやめたくない。彼の唇が欲求をあおる。マギーは彼に身を投げだしたくなった。たちまち全身が熱く震えだす。体の芯《しん》が欲望で脈打っている。

トマソの手は彼女の体をくまなく探った。むきだしの肌をなぞり、水着のなかにまで手が入ると、親密な愛撫《あいぶ》に驚いてマギーはうめき声をあげた。

「しいっ」彼がささやく。「子供たちが起きる」

マギーは懸命にうめき声をこらえ、トマソの髪に指をからませて後頭部をつかんだ。彼は抗議もせず、キスと愛撫を続ける。マギーの体は激しい欲望で燃えるように熱をおびた。トマソだけが引きだせる反応だった。

「パパ、どうしてマギーにキスしてるの？」

眠そうな子供の声が聞こえたが、情熱にかられていたマギーはすぐには理性をとり戻せなかった。冷静に身を引いたトマソを見て恥ずかしくなる。

目をこすっているアンナに、トマソはほほ笑みかけた。「マギーにキスしたいからだよ」

アンナはそんな言い訳で納得するの？　たとえ父であるプリンスの言葉でも。もしトマソ・スコルソリーニが何かしたいと思えば、無条件でできるのだろう。マギーは憤然とした。だが、キスが気に入らなかったとは言えない。大いに気に入った。

「じゃあ、マギーはママになるの？」アンナが問いかける。

「たぶんね」

トマソがイエスと明言しなかったことに、マギーは驚いた。いくら彼女が抵抗したところで、結局は自分の計画どおりになると傲慢《ごうまん》にも彼は思っているくせに。

その夜、子供たちが眠ってから、マギーは彼にイエスと言わなかったわけを尋ねた。

「守れるかどうかわからない約束を、子供たちにしたくないんだ」

「あなたは自分の思いどおりにすると断言したわ」

「僕との結婚をきみに強要はできない」

「でも、誘惑して結婚したいと思わせるのね」

「きみとまたベッドをともにするのは、時間の問題だ」トマソは否定しようともしない。

「先史時代の男性という札でもつけてあなたを展示すべきだって、誰かに言われたことはない？」

「きみを求めても、僕が原始人ということにはならないさ」

「私の髪をつかんで無理やり引っ張っていけると思うなら、原始人よ」マギーはトマソから求められているとは信じられなかった。本気のはずがない。男性は欲求を感じたふりができるという。ほかの女性を思い浮かべればいいのだから。もっと魅力的な女性を。危うく愛しあいかけた最初のときみたいに。

彼にとって、私は円満な家庭を作る対象にすぎない。愛したり情熱的な欲望をいだいたりする相手ではないのだ。

「きみを無理やり引っ張りたいとは思わないよ。僕のところへ自ら進んで来てほしい」

「破滅への道を自分の手で作れというの？」

「僕との結婚は罠《わな》に落ちることじゃない」トマソの表情はなんとも判読しがたい。「きみを牢獄《ろうごく》に閉じこめるつもりはないよ」

「そんなことは言ってないでしょう」

彼は心に引っかかっていることを払いのけるようなしぐさをした。「もちろん」

「リアナはそんなふうにあなたを責めたの？」

「王族として暮らす喜びは、いろいろ拘束があるせいで、たちまち失われてしまったんだ」

「でも、リアナがあなたを責めたとは思えない」

「いや、ふたり目を妊娠したときも僕を非難した」

「彼女はもう子供が欲しくなかったの？」

「子供が生まれたあとは自由に暮らしていいという条件と引き換えに、彼女はアンナを産んだ」

「なんてこと。信じられない」

トマソは肩をすくめた。子供に対するリアナの打算的な態度は、かなり前に受け入れていた。「彼女にとって望みのものを手に入れるのに、妊娠は願ってもない機会だ」

「望みのものって？」

「責任を伴わないプリンセスの暮らしだよ」

「それはひどい身勝手だわ」

「ああ。結局は身勝手なせいで、リアナは命を落とした。メキシコで、正規のライセンスを持たない友人とパラセーリング中に亡くなったんだ。僕や子供たち抜きで旅行に出かけ、危険な遊びはやめるようボディガードが忠告しても、とりあわなかった。何をするのも勝手というわけさ。僕が彼女に自由を認めたから。そして命を落とした」

「あなたが責任を感じる必要はないわ！」

「なんだって？　リアナは僕の妻だったのに、守ってやれなかったんだぞ」

「彼女は守ってもらいたくなかったんじゃないかし

ら。妻にもなりたくなかったのかも……本当の意味での妻には」

「そうだな。でも、今度こそ同じ間違いをしないように気をつけないと」

「美しい女性がすべてそんなに自己中心的でわがままというわけじゃないわ」

「それはどうでもいい。別の女性との結婚の話をしているんじゃない。問題はきみだ。きみは僕の子を身ごもっているかもしれない」

またしても、トマソはマギーを美人だと思っていないことを否定しなかった。彼がリアナに向けた視線をマギーは今でも覚えている。自分のように平凡な女性を彼が愛するはずがない。それが何よりもつらい真実だった。

翌日、トマソが食事の席で言った。再来週は父親の誕生日の祝賀会があるので、スコルソリーニ島へみんなで一緒に行こうと。

「私はその間、お休みをもらいたいんだけど」

「子供たちの面倒を見てほしい」

「私がいなくても大丈夫でしょう。あなたのお義姉《ねえ》さまは子供の扱いが上手だもの」

「義姉《あね》には祝賀会での務めがあるから、僕の家族に割く時間はないさ。だいいち、その必要もないだろう、アンナとジャンニの面倒を見てくれるきみがいるんだから」

「私はあなたの所有物じゃないわ。子守《ナニー》りよ。雇用契約書には、最低でも週に一度、休日がもらえると書いてあるわ。あなたが仕事でいない場合を除けば、夜だって毎日休めるのよ」

「子供たちや僕と食事をするのがいやだと？」

鈍感な彼にあきれて、マギーは天を仰いだ。「いいえ」

「夜、子供たちを寝かしつけるのがいやなのか？」

「そうじゃないわ」

「じゃあ、何が問題なんだ？」

「スコルソリーニ島へあなたと行きたくないの」

「どうして？」

なぜなら、美しい女性に囲まれたトマソを見たくないから。「私が出るような場じゃないからよ」

「前の家庭では、雇主や子供たちと社交の場に一度も出たことがないのか？」

「いいえ……」それどころか、マギーはいつも社交の場にお供して子供の世話をしてくれと頼まれた。

「だったら、今度もいいじゃないか」

「それじゃ、いつお休みをいただけるの？」

その質問に狼狽《ろうばい》したかのようにトマソは身をこわばらせた。「家政婦をしてくれたとき、きみは毎日僕といても不満がなかったようだが」

「昔は昔、今は今よ」

なぜかトマソは傷ついた表情になった。間違いなくいらだっている。「どうしても休暇をとりたいなら、スコルソリーニ島へ行く前にとってくれ」

「じゃあ今週ね？　ありがとう」

「仕事上の契約の義務を果たしたからといって、礼を言う必要はない。今週、いつでも好きな日に休みたまえ。決まったら秘書に伝えてくれれば、きみの代わりを手配する」

そっけない反応にマギーは失望したが、なぜだろうとも考えた。彼は徹底したビジネスマンだ。それなのに私と仕事上の契約を守ることに腹を立てている。これもまたトマソに関する謎《なぞ》だった。

二時間後、彼はまだ冷たい慇懃《いんぎん》無礼な態度をとっていた。そこへ電話が鳴りだし、応対したトマソは顔をしかめ、イタリア語で何かつぶやいた。

彼が携帯電話をたたむと、マギーは尋ねた。「どうかしたの？」

「きみは僕を追い払いたいんだろう。その願いは思ったより早くかないそうだ。中国にいるリチウム関係の顧客に問題が起こった。原料の輸入に関する政府の要求が原因で、交渉が暗礁に乗りあげたらしい。今夜、北京《ペキン》に向けて出発しなければならない」

「でも、海外出張から帰ってきたばかりよ。あと一日は家にいると子供たちに約束したのに」

トマソは追いつめられた表情になった。「やむをえない」

「大丈夫だよ、パパ」ジャンニが言った。

五歳の子が感情を抑えた顔をするのを見て、マギーは耐えがたかった。

「子供たちも連れていったら？」

「それは無理だ」

「どうして？　こんなに出張が多いなら、家族も連れていける態勢を整えておくべきよ。追加の航空券を買う余裕がないわけじゃあるまいし」

「航空券の問題ではない。自家用機で移動するから。でも、子供たちを連れていくなら、きみにも来てもらわなければならない」

「そうね」

「かまわないのか？」

「ナニーとして、子供たちの幸せを第一に考えるのは当然でしょう」

「子供が父親と一緒に旅をするのが何よりだと思うのか？」

「ときによってはね」

「きみは旅が好きかい？」

「ええ。最初に雇われた家族とはあちこち行ったわ。子供たちと私の荷造りは一時間でできるわよ」

「それはきみに関するファイルになかったな」

「私を調べさせたの？」彼に信用されていないとわかっているべきだった。あの初めての夜のあとでも疑われたのだから。

「当然だ。スコルソリーニ家で働く者は全員、身元を調査される」

その言葉がすべてを物語っていた。結婚した場合、彼が妻としてのマギーの立場をどう見なすか。

「わかったわ」

しゃくにさわる魔女め。

マギーが何を考えているかトマソには読めなかったが、いつもは温かい灰色の目に浮かぶ表情は、間違いなく称賛ではない。この二日間で、マギーが自分にも子供たちにも申し分ないことはわかった。しかし、彼女はかたくなにそれを認めようとしない。

それでもマギーは僕を求めている。どんなに隠そうとしても、顔や震える体からわかる。だが彼女は自室に逃げこむか、子供を盾にとって僕を巧みに避けている。彼はそれを許した。マギー自身の意志で自分のもとへ来てほしいから。だが、どうやら駆け引きのやり方を間違えたかもしれない。

彼はマギーを妻にしたかった。最初から本能は間違っていなかった。彼女はトマソが覚えていたとおりの女性で、分かちあった情熱は完璧だった。夫婦の関係に忠実でいることは、彼にとって苦ではない。とはいえ、今度こそ欲望と愛を混同する間違いを犯してはならない。マギーが好きだという気持ちはリアナに感じたものより強い。

トマソはひそかに認めた。マギーが彼をまた愛していると思いこんでもかまわないと。愛のための結婚を望んでいるなら、そう考えるほうが彼女は幸せだろう。だがマギーと結婚するうえで、僕が愛を信じる必要はない。彼女が僕の子を身ごもっているなら、なおさら。

中国への今度の旅は、状況を進展させるのにまたとない機会になるだろう。子供たちと一緒にいられるのも願ってもないことだ。

マギーが言ったとおり、一時間後には彼女と子供たちの荷造りが終わった。

彼女はトマソの自家用機に大きなダッフルバッグを持ちこんだ。「子供たちのお気に入りのゲームや絵を描《か》く道具、お菓子が詰まっているの。旅行中に子供が食べたがるようなお菓子が飛行機に用意されているかどうか、わからなかったから」

「きみの言うとおりだ。ほかの島へ行くときはいつもヨットを使うからな」

「子供たちは外国へ行ったことはないの？」

「僕の継母《ままはは》を訪ねてイタリアへ行ったことはある」

「継母？」

マギーがフラビアを知らないことに、トマソはなぜか驚いた。「母が亡くなって一年もしないうちに、父は再婚したんだ」

「イゾレ・デイ・レの王妃がイタリアにいるの？」

「彼女はもう王妃ではない。マルチェッロが幼かったときに父と別れた」

マギーは唖然《あぜん》とした表情になった。「なぜ？」

「父が浮気したから。継母は父を許さなかった」

「あなたにしてみればつらかったでしょうね。でも、そんな理由で離婚するなんて。王室の人たちは何があっても結婚生活を続けると思っていたわ」

「女たらしの夫と別れられるなら、王位なんか捨ててもいいと彼女は思ったんだ」トマソはそのことでフラビアを尊敬したのだった。

「お父さまは子供の親権を争わなかったの？」

「僕の知るかぎりではなかった。毎年何度か、クラウディオと僕が継母のもとで数週間過ごすことさえ、父は認めてくれた」

「珍しい話ね」

「そうでもないさ。父は妻の助けなしで息子たちを育てられる状態ではなかったし、どの点から見てもフラビアは僕たちの母親だった」

「王という立場では、忙しすぎて片親の務めは果たせないでしょう」

「そうだな。王位継承権を持つ兄をうらやましいと思ったことはない」

「わかるわ。でも、あなたはいつも何かを証明しようとしていたという印象があったの」

「プリンスという称号なしでも成功できることを？　以前はそうだった」出会ったときに彼が王族の人間なのをリアナが知っていたことがわかり、トマソにはそんなことはどうでもよくなったのだった。

「あなたは成功したわ」

「ある程度だが」

「その後、お父さまは結婚されなかったのね」

「ああ。父は次々と愛人を作る道を選んで、自分の名誉と折り合いをつけることにしたんだ。守れもしない結婚の誓いを口にする代わりに」

「どうして結婚の誓いを守れないの？」

「スコルソリーニ家の呪《のろ》いのせいだ。とにかく父はそう言っている」

「呪い？」

「父によれば、スコルソリーニ家の男は一度しか恋に落ちない運命にある。あまりにも激しく愛するために、その真実の愛が失われたら、別の女性では代わりにならないらしい」

「次々と浮気を重ねる言い訳としては巧妙ね」

「浮気じゃない。今も言ったが、父はもう結婚しなかった」

「でもお父さまは、結婚したら不義を働くと思ってらっしゃるのね」

「ああ」

マギーは疑いのまなざしをトマソに向けた。灰色の瞳に浮かぶメッセージは容易にトマソにも読みとれた。「あなたにもそんな傾向があるの？」

「いや。僕は結婚の誓いは破らない」

「じゃあ、あなたはお父さまの言い訳に納得していないのね？」

「ああ、いかにも」

「義理のお母さまにお会いしたいわ」

「段どりをつけよう。きっと彼女を好きになるよ。とても現実的で心の温かい女性だ。兄と僕に家族というものを感じさせ、僕たちにふつうの子供時代を送らせてくれた。今でも、クラウディオを叱《しか》ることができるのはフラビアだけだ」

「すばらしい方みたいね」

「そうだよ。きみはさまざまな点で彼女を思い出させる」ふいにトマソは気づいた。マギーを求める理由のひとつは、彼女がフラビアに似ているからだと。

フラビアは信頼できる、そしてマギーも。最初はマギーを疑ったが、今は彼女が自分と愛しあった事情を理解している。マギーは六年前に知っていたとおりの高潔な女性だ。

8

空の旅の前半は驚くほど順調だった。マギーは長旅のあいだ子供を飽きさせないようにする経験を積んでいた。それに自家用機は民間機よりもかなり快適だ。トマソは何時間か仕事をしたが、マギーたちとランチをとるあいだは書類を片づけた。仕事中毒《ワーカホリック》の人間にしては珍しく、彼はうまく頭の切り替えができるらしい。

燃料補給のため空港に立ち寄ったとき、トマソがみんなを飛行機から降ろした。地元のレストランで食事をしたあと、戸外にある子供の遊び場へ行こうとトマソは提案した。

「飛行機に戻らなくていいの？」ジャンニとアンナ

がメリーゴーランドを目指して駆けだすと、マギーは尋ねた。

「あの子たちが余分なエネルギーを使いはたしたほうが、旅の後半をもっと楽しめる。眠ってしまうはずだから」

「前半もそれほど悪くなかったわ」

「悪いところなどまったくなかった。きみがとても上手に子供たちの相手をしてくれたので感心したよ。だが、もう時間も遅い。遊ばせなければ、子供たちはこのあと機内で眠らずにぐずりつづける」

「子供のことをよくわかっているのね」

「当然だ」

「あなたはいい父親ね。リアナがもっと家庭に関心を持たなかったのが残念だわ。もし持ってくれたら、あなたたちはすばらしいチームになったのに」

「きみと僕でいいチームが組めると思う」

「それは話が別よ」

「自分が産んでいないふたりの子の母親になるのがいやなのか？」

アンナが木馬に座り、ジャンニはそれを押してから自分も飛び乗った。ふたりは歓声をあげている。大切な子供たち……なんて愛らしいの。

「それは問題じゃないわ。そうでしょう？」

「リアナは自分の子供の母親にもなりたがらなかった。血のつながらない子供の母親になることをためらう女性の気持ちはわかるよ」

「私はそんな女じゃないし、リアナとも違うわ」違う点はひとつじゃないけれど。とにかく、親になることは苦にならない。「それにあなたの子供たちの継母《ままはは》希望者なら、競技場を埋めつくすくらいいるわよ。あなたと結婚してプリンセスになれるチャンスだもの。私も、バージンと引き換えにプリンセスの座を狙《ねら》ったなんて思われていたけど」

トマソはひどく真剣で熱いまなざしを彼女に向け

た。「それは僕が間違っていたと認めたはずだ」

「そうね。でも、最初にそう考えたことを一度も謝ってくれないわ」マギーはそれが気になっていた。

「謝るべきだと思うのか？」

「当然よ」マギーは彼に向きあった。「あなたの皮肉は、私の名誉を侮辱した言い訳にはならないわ」

トマソの目がユーモアをにじませてきらめいた。

「僕は痛切に悔恨の意を表明し、心から謝罪する」

「からかっているのね」彼の笑みを見て、マギーの胸はときめいた。

「ちょっとからかったけど、きみを傷つけたことは本当にすまないと思っている。あんなたくらみを考えつくにしては、きみはうぶすぎる」

「正直なの。私は正直すぎるのよ」

「それもたしかだ」

マギーは満足してうなずいたが、うぶすぎると思われたことが引っかかった。たくらみなど考えつかないほど愚かだというのとあまり変わらない。

トマソはマギーの顔から巻き毛を払った。触れられて彼女はぞくぞくした。「それじゃ、何が問題なんだい？」

「問題？」トマソはなんの話をしているの？

「子供は僕との結婚をためらう理由じゃないと言っただろう。だとすると、問題はなんだ？」

「私たちのあいだに愛情がないことよ」そして私がどれほどトマソを愛そうと、彼が決して愛してくれないという事実も。

マギーはプリンセスの器ではなく、そうなれるはずもなかった。美人でもなければ洗練されてもいないし、堂々と振る舞うのも無理だ。トマソのために自分も美人であか抜けていたらよかったという気持ちはあった。それなら彼の愛を少しは得られるだろう。里親の家で自分の場所を得たときのように。

だが、このままで大丈夫であってほしいという気持ちのほうが大きかった。トマソが求婚したのは愛情からで、便宜上の理由からでなければいいのに。これからは優秀な子守り《ナニー》やベッドの相手としてではなく、私の心を求めてほしい。

今までマギーは仕事を通じて自分の場所を手に入れてきた。同じ目的から結婚するかと思うと、とてもつらい。私のように平凡な女性の大半は、好きになった男性から愛されている……なぜ私はプリンスに夢中になってしまったの？

「知っているかな、恋愛結婚という考え方が社会的に受け入れられたのは、一二〇〇年ごろになってからだ」

「とにかく、現代では恋愛結婚が存在するわ」

「もっとも、どこの世界でも通用するというわけではない」トマソはマギーが何も言わなかったかのように続けた。「支配階級では恋愛結婚の概念はなかなか根づかなかった。西欧社会でさえ。うちの一族が初めて恋愛結婚をしたのは一八〇九年だ。スコルソリーニ王が政略結婚をせずに、自分の選んだ女性と結婚したのが一八六六年」

「それが私とどう関係あるの？」

「一族の歴史には誰から見てもうまくいった幸せな結婚例がかなりある」

「あまり幸せでなかった例もね。お父さまがフラビアと演じたシナリオを私が演じるのは願いさげよ」

「前にも言ったが、僕は結婚の誓いは破らない。四年間、僕はリアナに忠実だった。ほかの女性に目を向けたことさえなかった」

「信じるわ」

「だったらなぜ、そんなに心配するんだい？」

「リアナは美人で洗練されていたわ。母親としては失格でも、あなたには理想の相手だった」

「そう思っているのか？」

「当然よ。リアナはどんな王族でも求めるような女性だもの。美人でセクシーで。あなたはすっかりとりこになったという目つきで彼女を見ていたわ。リアナは情熱的といっていいほど活気にあふれていて、あなたを魅了したのよ。私は覚えているわ」

「リアナは人生の快楽を求める情熱にあふれていたんだ。情熱の意味が違う。気づいたときには遅すぎたが。それに今きみが言ったほかの長所は、子供の気持ちや願いに無関心だった彼女の身勝手さの埋め合わせにはならない。言っておくが、美しさなんて表面だけのものだ、すぐに色あせる」

その美しさにトマソは心を奪われたのだ。マギーに向けていたささやかな関心を忘れてしまうほど。彼がどう言おうと、リアナの美貌《びぼう》が与える影響力は薄れなかったに違いない。信じられないほど母親に不向きでも、彼女と別れなかったのだから。

「あなたはリアナと離婚しなかったわ」マギーは非難がましい口調になった。

「そして忠実でありつづけた」トマソはむっつりした顔をしている。

「なぜなの？」

「彼女が僕の妻だったから。僕は間違いを犯した。リアナと離婚して、それ以上子供たちを傷つけるわけにいかなかったんだ。離婚したら、彼女はますます子供と接する時間を減らすだろうと思ったから」

「あなたがリアナにとても惹《ひ》かれていたことも役に立ったでしょうね」

「彼女に感じていた情熱は、結婚して三年後に消えてしまった」

マギーはますます自信をなくした。リアナほどの女性を求めなくなるのなら、私が生涯にわたって彼の性的な関心を引きつづけるのは不可能だ。

「理由をきかないんだな」

「きかなくても明らかだもの。リアナに魅力を感じなくなったんでしょう」

「ああ。でも、きみが思っているような理由ではない。僕は別の女性に目を向けなかった」

「だったらどうして？」

「妊娠を切り札に使い、あげくに子供をほったらかしにして自分の楽しみを追い求めるような女性には、あまり欲望を感じなかったからだ」

「でも、ベッドはともにしていたでしょう」

「僕は男だから、欲望はある。それは結婚生活のなかで満足させなければならない」

「私を求めていない男性との結婚は耐えがたいわ」

「そんなことにはならない」

「よく言えるわね」

トマソはいらだたしげにため息をついた。「僕の話を何も聞いてないんだな。僕がきみに惹かれているのは、いつまでも変わらないもののせいだよ」

「どういう意味？」

「きみのおいしそうな体は欲しい。だが、僕の欲望をあおってやまないのは、きみが内面に持っているものだ」

「なるほどね」マギーはそっけなく言ったが、心のなかではトマソがそばにいるせいで感じる欲望に対処しようと必死だった。それにしても、おいしそうな体ですって？　本気でそう思っているの？

「冗談なんか言ってない。きみの優しい心には性的な興奮を与えられるだけでなく、とりこにさせられる。きみが欲しいんだ、マギー」

「またそんな」

「本当のことだからさ。きみをものにしてみせる」

その台詞《せりふ》も前に聞いた。「ここじゃだめよ。あとにして」マギーは思わずつぶやいた。

「近いうちに」

トマソの声とまなざしにこめられた約束を意識し、マギーは身震いした。自分を守るため、彼女は目をそらしてまた子供たちを見守った。

けれど、マギーの性格に欲望をかきたてられるというトマソの主張は彼女の頭から離れなかった。考えられないような話だし、信じていいのかもわからない。だが、皮肉な態度をとるとはいえ、トマソが嘘《うそ》をついたことはなかった。私は美人ではないし、トマソが愛してくれるわけがない。それでも結婚生活で彼の性的関心を引きつづけ、友情を維持できるの？　ありのままの自分でいるだけで？

トマソを愛しながら、本当に愛されることはないという一方的な結婚……それで私は満足できる？

遊び場を去るころには、ジャンニもアンナも疲れておとなしくなっていた。飛行機に戻ったマギーは狭い寝室のベッドを整えに行こうとしたが、トマソに止められた。

「子供たちは小さいから、座席を倒せば心地よく眠れる。ベッドはきみが使ってくれ」

「でも……」

「いやとは言わせないよ。僕がプリンスなのを知らないのかい？」

「あなたって横暴ね」マギーはほほ笑んだ。「まあ、今では、どうしてそうなったかわかるわ」

「言ってみてくれ」

「命令することや王族の人間でいることに慣れていたからよ。六年前、あなたがプリンスだと見抜けなかったなんて信じられない。あなたの態度はいつも、不思議なほど威厳があったもの」

トマソは笑い声をあげたが、彼女がにこりともしないのでまじめな顔になった。「どうしたんだ？」

「あのころ、私のことを友達だと言ったわね」

「僕たちは友達だった。もっとも、きみは一度否定しようとしたが」

否定してもまったく役に立たなかった。別れてもトマソを忘れられなかったのだ。マギーは彼が恋しく、友情と、自分たちのあいだにあったかもしれないものを懐かしく思った。「今は否定しないわ」

「よかった」

「でも友達だったのなら、なぜ正体を教えてくれなかったの？　私を信じていなかったのね」マギーは自分で自分の質問に答えた。

　トマソはため息をついた。「僕自身を受け入れてほしかったんだ。僕の称号ではなく」

「だけど、私はあなたを受け入れていたわ」

「そうかな？　僕からも、僕たちのいわゆる友情からも、きみは去っていったじゃないか。今はそれほど簡単に去っていけるかい？」

「今はってどういう意味？　何しろ私たちは……」マギーは口ごもった。

「何しろ今は、僕がプリンスだと知ったからな」

　マギーはくるりと目をまわした。「ばかなこと言わないで。あなたがプリンスなのとは関係ないわ」

「たぶん」トマソは信じていないようだ。

　倒した座席にトマソとふたりで子供たちを寝かせ、毛布でくるんで寝心地がいいように枕《まくら》を当ててやりながらも、マギーは彼に信じてもらえていない点が気になった。

　身分についてとやかく言われるのがトマソはいやなのだ。彼の言葉や、自分を証明しようとして大学でも、国に新しい産業を築くためにも懸命に努力してきたことを考えると、間違いない。トマソ本人ではなく、称号から彼の価値を認める人たちと同類に見られたことがマギーはつらかった。

　かつて彼女は自分を守った。自尊心と感情を救うためにトマソとの友情を捨てたのだった。マギーはトマソを傷つけ、知らないうちに彼の信念を強めさせた。王族の称号がなければ、ひとりの男性として心にかけてもらえないのだと。

　自分がそんなふうに思っているとトマソに誤解されるのが、マギーには耐えられなかった。

「あなたは称号のおかげで恵まれた人生を送る一方、その重荷も背負ってきたのね」

トマソは肩をすくめた。冷静に見えるが、マギーが彼の傷口に触れてしまったのは間違いない。

「六年前、私たちの友情に背を向けたのは、あなたとリアナが一緒のところを見るのがつらかったからよ。私はあなたを愛していたの。彼女に夢中になっているあなたを見て、私は打ちのめされたわ。称号は関係ない。プリンスだと知っていたら、あなたの前から消える決心を固くしたに違いないわ。あなたが王族の一員だと知ったら、絶望に拍車がかかっただけよ」

トマソは眉根を寄せた。「リアナを家に連れて帰った夜、僕はきみを傷つけてしまったんだね？」

マギーはあの夜の話はしたくなかった。どんなに忘れようとしても、鮮明によみがえる。「ええ、そうよ……つらかった。あなたのもとを去りたくなかったわ。それもつらかった。でも、あなたたちを見ているほうがもっと苦しかったの」

「あの夜のことは悪かった」

「当時も謝ってくれたわ。こんな話をしたのはまた謝罪してもらうためじゃないの。あなたがプリンスだということは関係ないと、わかってもらいたいだけよ」

「妙な話だな。六年前、僕はきみを傷つけた。そしてきみは今、プロポーズを侮辱だと思っているのを隠そうともしない。そのくせ、僕の感情を傷つけまいと気づかっている。僕には傷つくような感情などないと言う人も多いが」

「その人たちが間違っているのよ」あざけるようなトマソの表情に、マギーはいらだたしげに息を吐いた。「だったら、私をお人よしと呼んでちょうだい。私は人に気をつかいすぎるって」

「きみはお人よしじゃない。他人のことを深く思いやれる、実にまれな人だよ」

「私が珍しいんじゃなくて、あなたが間違った人たちとつきあってきたのよ」

「かもしれない」トマソは彼女と視線を合わせ、そのままそらそうとしない。「僕はリアナと出会ったタイミングをどんなに後悔したか」

　マギーは後悔しなかった。自分たちがベッドをともにしたあとでトマソがあの美女と出会ったら、私の苦悩は十倍も増えたに違いない。いずれにせよ同じ結果になっただろうから。彼はリアナとつきあい、私は独りぼっちになったはず。

「あれでよかったのよ」それだけ言うとマギーは視線をそらし、雑誌を手にとった。

　トマソは寝室のドアを閉めるマギーを見つめていた。いらだちがこみあげる。

　評判の心理学者の説によれば、対話はふたりの人間の距離を縮めるんじゃなかったのか？　だが話をするたびに、マギーは僕から離れていく。六年前リアナと恋に落ち、マギーと何もないまま別れたことを悔やんでいると認めれば、わかってもらえると思った。マギーは僕のものだと。

　しかし、僕がマギーではなくリアナに関心を向けたことは大して悲劇ではなかったと、マギーははっきりさせた。

　彼女は僕への愛をあっさり捨てたのか？　トマソは自分の感情に自信がなかった。妻を愛していたと父は言った。とはいえ、妻の死後、父はフラビアも含めてどんな女性も愛したことがない。

　クラウディオとテレーザはトマソが理想とする円満な結婚生活を送っている。とはいえ、兄が熱烈な愛情をいだいているとは思えない。

　愛情なんて、強い男が弱さを正当化したり、義務より情熱に身をまかせたりしたときの言い訳だ。

だったら、マギーにもう愛されていないと考えることがなぜ腹立たしいのか？

マギーの愛を否定する証拠がないからだ。彼女が愛していないと言ったり、そうにおわせたりするたびに、説明のつかない怒りにかられてしまう。

こんなふうに思うのも、子供たちと僕自身の心の平和のためだ。僕は永遠の絆《きずな》でマギーと結ばれたいのだ。僕を愛していると思えば、マギーは僕に身も心も捧《ささ》げるだろう。リアナが決してしなかった方法で。

マギーは僕のものだ。そうなる運命なのだ。

マギーは体をくるんでいる温かいものに鼻をすり寄せた。夢のなかでおなじみの香りがし、喜びに包まれた平和な気持ちになる。毛布とは違うぬくもりが腰から腿へとすべりおりる。自分のほかに誰かいると気づいて、眠気は吹き飛んだ。

はっと目を開けると、非常灯のぼんやりした青い明かりのなかでトマソの顔が見えた。目を閉じ、浅い寝息をたてている。

トマソが眠っている。私のベッドで。

彼はとりあえず服を着ていた。ショートパンツとTシャツを。額にかかった漆黒の巻き毛がいとおしい。かきあげたいという衝動を抑えなくてはならなかった。トマソを起こしたくない。

トマソはリクライニングシートで寝るよりベッドを共有したほうがいいと思ったのだろう。だが、カバーの下にはもぐりこんでいない。マギーはそれを好ましく思った。口では強引なことを言いながらも、彼女が決めたふたりの距離を彼は尊重している。

そして、最初の夜の失敗にもかかわらず、マギーが眠っているベッドに一糸まとわぬ姿で入る権利はないとトマソは判断したのだ。今思うと、あの夜の結果がこれほど深刻でなければ、酔っていたからああなったという彼の話は滑稽《こっけい》のひと言ですませられた。

　あれはまったくトマソらしくなかった。もうろうとしていたせいで、彼は計画を台なしにしてしまったのだ。説明のつかない奇妙な理由から、そんな彼がいとおしく、マギーはほほ笑んだ。

　いろいろな意味で彼は傲慢《ごうまん》さを抑えている。完全になくなることはないけれど。

「笑っているな」トマソが眠そうにつぶやいた。いつのまにか起きたようだ。「僕の横で目覚めるのがうれしいのかい？」

　無警戒だった自分が信じられず、マギーはかぶりを振った。「あなたの傲慢さがやわらいできたなと思っていたのよ」

「やわらいだほうがいいのか？」トマソが物憂げにきく。「ありのままの僕が好きなんだろう」

「あなたっていつも、思いあがった妄想をいだいて目を覚ますの？」

「きみの楽しみは子供たちの相手だけでないと考えるのが、思いあがっているかい？」からかうというよりもむしろ真剣な口調だった。

「告発されるといけないから、その質問に答えるのはやめておくわ」

「ふん！」トマソはすばやい動きで、驚いている彼女を組み伏せた。「休みをとりたいとかいうたわごとは、主義に基づいたものなのか。休みたいからじゃないんだな？」

　毛布のせいでマギーは身動きもできなかった。もっと不安なのは、とても落ち着かない気分にさせられる姿勢で自分の上に重なったトマソに、体が反応することだった。

9

「定期的に休みをとるのはたわごとじゃないわ」マギーは異を唱え、体の反応を隠そうとした。

だが、勝ち目のない闘いだろうと思った。欲望は愛の一部だ。そしてマギーは、世の中の誰よりこの男性を愛していた。さっきベッドに入ったとき、彼女はついにトマソへの思いを認めた。彼と話をして六年前から愛していたことを悟り、称号だけで求められることに彼がどんな感情をいだいているか知って……彼女の心は大きく開いた。

「僕たちの場合はたわごとだ」

「あなたは私を所有しているわけじゃないのよ、トマソ。たとえ王族でも、奴隷は持てないわ」

彼はひどくむっとしたようだ。「イゾレ・デイ・レで奴隷制が合法だったことはない。それに奴隷なんか欲しくない」

「だったら、なぜ私が休むのをいやがるの？」

「いやがっているわけじゃない。きみが自分の時間が欲しいのなら、必ず与える」

「それじゃ、定期的に休みをとることにどうして不平を言うの？」

「僕や子供から離れる時間は必要ないからだ」

マギーはため息をついた。「自分のためにしたいことが、ゆっくり入浴しながら本を読むといった簡単なことなら？」

「どうしてもというなら、時間を与えるよ。もっとも僕なら、風呂で読書するよりもっと楽しいことをいくつか思いつくけど」

「そうでしょうね。でも前にも言ったように、私はあなたのスピードについていけないの」

「どういうところが？」

「数えきれないわ。ともかく私はプリンセスの器じゃないのよ、トマソ」

「誰の意見だ？」

「私よ」

「きみにはプリンセスの経験がないんだから、僕の言葉を信じるしかないだろう。きみはスコルソリーニ家の理想のプリンセスになるに違いない」

「冗談でしょう」

「いや。また性格の話になるが、きみはその仕事にふさわしい人柄だし、誠実な人だ」

「結婚を仕事だと考えたことはないわ」

「いろんな意味で結婚は仕事だよ」反論しかけたマギーの口にトマソは指を当てた。「それも悪くない仕事だ。双方に有益な結婚なら満足のいくものになる」

マギーは顔をそらし、口をふさいでいる彼の指をどけた。「なんだかビジネスの提案みたいに聞こえるわ。結婚にはもっと違うものがあるべきよ」

「あるとも」

トマソが何をほのめかしているかは明らかだ。性的関係。彼が提供するのはベッドでの結びつきだけ。なぜそれがつらいの？ 欲得ずくの女性なら、トマソの申し出を受けて、有利な婚前契約書を交わすところにまでたどり着くだろう。「そこなのよ、あなたのスピードについていけないのは」

「どこだ？」

「セックスにかかわることよ」わかっているくせに。

「僕が教えてあげるよ」トマソは官能的な笑みを浮かべた。

そして最後には心が打ち砕かれるのだ。人を愛するのは苦しむこと。マギーにはそうとしか思えなかった。愛する両親を失ったとき、小さかったマギーの心はずたずたになった。愛した養母は彼女を収入源と、無償の働き手としか見なかった。それからマギーはトマソを愛した。

　六年前は喜びなどなく、苦悩ばかりがあった。今はトマソと子供たちを愛していて、一緒に暮らせば傷つく結果になるのもわかっている。だけど、別れても傷つく。六年前よりもっと。

「いいえ、けっこうよ」マギーはおぼつかない口ぶりで答えた。

　トマソを愛している。切ないほど彼を求めている。愛を交わしたはずの二回とも彼に傷つけられたことは、どうでもいい。もう一度試したい。体を通じて感情のつながりを見いだしたい。前に失敗したから今度もだめだと理性は叫んでいるけれど、心はその声に耳を傾けようとしなかった。

　体の関係による愛情しか得られなくても、まったく愛がないよりましだ。ひとりでいることに疲れたのだとマギーは気づいた。ひどく割りきった理由からでも、トマソは一緒にいると約束してくれた。

「僕たちが本当はどんなに相性がいいか、はっきりさせるころだな」トマソが言った。

「私は利用されるのがいやなの」

　トマソは眉をひそめた。「僕の気持ちは言ったはずだ。きみと結婚したいんだ、マギー。きみを利用するんじゃない」

「私が妊娠したと思っているからよ。そうでなければ、私が妻としてふさわしいかどうか、まだ決めかねているはずよ」

「あの晩愛しあわなくても、きみが子供たちや僕と合うことはすぐにわかったと思う」

　その言葉を信じたくなくて、マギーは首を振った。信じたら、防御壁がこなごなになってしまう。

「そうだよ。僕たちの家庭を完璧《かんぺき》なものにしてくれる女性はきみしかいない」

「あなたは私を愛していないわ、トマソ」

「だから？」彼は平然と尋ねた。愛情がないことを裏づけるそのひと言が、ナイフのようにマギーの心を切り裂いたことなど気にもせず。

「だから？」繰り返したマギーの声はささやきに近かった。

「愛は幸福な結婚の必要条件ではない。僕はきみに忠実だし、きみを大切にする。尊敬や思いやりも捧《ささ》げる。神の思《おぼ》し召《め》しがあれば、もっと子供もできるだろう。きみを愛する男がそれ以上何を与えられるんだい？」

「心よ」

「僕はきみに忠誠を尽くし、義務を果たし、敬意を払う。それで充分だ」

「また傲慢《ごうまん》なところが現れたわね」

「自分に何が適切かわかっているからね」

「あなたは自分にとって何が最善か考えているだけよ。それが私にとっても最善だと説得しようとしているんだわ」

「違う。きみにとって何が最善か充分に気づかっている。考えてみろ、きみは二十六だ。なのに、三日前まではバージンだった。ただの一度も男と真剣なつきあいをしたことがないだろう」

「調査報告書にそう書いてあったの？」

「ああ。きみに身寄りがないことも。だが、孤独な状態に満足するには、きみは心が優しすぎる」

「ひとりでいても、孤独とはかぎらないわ」

「でもきみは孤独だ。認めるしかないだろう」

トマソの言うとおりだ。家族がいる人にはわかるはずもない孤独感がある。マギーには八歳のときから家族がなかった。「だから？　誰にでも大家族や大勢の友人がいるわけじゃないわ。私の仕事は子供と過ごす時間が長いの。大人とではなく」

「僕と結婚すれば、きみは家族の一員になる。僕の父はきみの父になるし、フラビアはテレーザに対するように、きみを娘としてかわいがってくれるだろう。僕の子供たちはきみの子になる。僕の友人はきみの友人だ。僕もきみのものだよ」

「うぬぼれているのね」でも、ああ……トマソの言葉は彼の体よりも誘惑に満ちあふれている。

「現実的なんだ。かつて僕たちは友達だった。また友情を分かちあえない理由はない。僕が友情を楽しむのはたしかだが、きみがそれを必要としていることも重要だよ。きみには僕が必要だ。頑固すぎて認めたくないだろうが」

「頑固だからじゃないわ」

「だったら、なんだ？」

「怖いのよ」思っていたより正直な言葉が口をついて出た。言ったとたん、マギーは後悔した。

「何が怖い？」

「また家族ができて、それを失うことが」とっくに折り合いをつけたと思っていた心の底からの言葉だった。

「ご両親を亡くしたように？」

「それに里子先の家族を失ったように。私の人生は長続きする絆《きずな》を作れないの」

「僕が作ってみせる」

「どうやって？」

「言ったはずだよ。きみを決して放さないと……僕がきみから去ることもない」

「今言うのは簡単だけど、たとえあなたでも約束できないことがあるわ」

「つまり、死を意味しているのか？」

「ええ」

「誰もが死ぬんだ。だが、いつか死ぬからといって、生きている人とかかわるのを避ければ、とても孤独な人生を送ることになる」

「苦痛より孤独のほうがましよ」いつもひとりでいることも苦痛を生むけれど。激しい苦痛を。

「そんなことはない」

「あなたって、自信たっぷりなのね」

「自信を持つことが僕の任務だ」

「あなたとかかわる人に対してはそうかもしれないけど、それ以外の人には違うわ」

「きみに対してだよ、マギー。きみは僕のものだ。そう遠くないうちにわかるだろう」

マギーはトマソをにらんだ。「その話はやめて」

「否定するのはやめろ」

話しているあいだ、トマソはマギーの上にいた。体が彼女の体に呼びかけている。密着しているせいでマギーの全身が反応した。もっとも女性的な部分がうずく。ナイトドレスの柔らかい生地に、硬くなった胸の頂が当たる。トマソは手を触れていないが、彼女の張りつめた胸は愛撫《あいぶ》を切望していた。本能にまかせて腿が誘うように動いている。

マギーはトマソにキスしたかった。唇を重ね、彼の肌も味わいたい。あの夜のようにふたりとも生まれたままの姿になって、彼を感じたい。でも今度はトマソに与えられる愛撫に没頭したい……夢ではなく、現実だと感じられるように。バージンを失ったときの不快感はたしかにあったけれど、先日の出来事は夢のように思えたから。

そしてマギーは、愛を交わすことで心の空白を埋められないか、もう一度試したかった。

「マギー？」

「え？」欲望でからからになった喉から声を絞りだす。

「何が欲しいか言ってくれ」

「わかっているはずよ」

「きみの口から聞きたいんだ」

「それが何か、確信があるの？」

「ああ」

それでもトマソは言葉を求めている。もしかしたら彼は、そう思わせようとしているほど自信があるわけではないのかもしれない。それとも、私が選んだものを自覚させたいだけだろうか。弱みにつけこんだと私はトマソを非難したが、実際は違う。あの晩、私のいるベッドに彼が入ってきたとき、誘惑が目的でなかったことは信じられる。

だが今、トマソは明確な肯定の言葉を望んでいる。マギーは応じるつもりだった。これ以上気持ちを抑えたくない。今夜という今夜は。もう一度見つけた愛のせいで心がもろくなり、どうしてもトマソが必要だった。どうしても。「あなたが欲しいの」

トマソは大きな体を震わせ、しばらく口を閉ざしていた。「本当に?」

「ええ」

トマソは彼女にキスをした。優しく唇を求めてくる彼の口が離れると、マギーはもっとキスしてほしいと願った。トマソは立ちあがり、ぼんやりした光のなかで服を脱いだ。六年間、毎日マギーの前でそうしてきたかのように自然なしぐさだ。彼女の視線をとらえたまま、トランクスをすばやく下ろす。マギーはあらわになった彼の体を見つめずにはいられなかった。どうしても視線を引きはがせない……欲望のあかしから。彼は信じられないほど魅力的だ。どこもかしこも。

そのうえ圧倒させられる。なんとも男らしい。

彼の高まりに視線をそそぐマギーの目が大きく見開かれた。「それがふつうなの?」かすれた声できく。「どうりで痛いはずだわ」

トマソは笑いでむせそうになった。「大丈夫、僕は怪物じゃないよ。だけど、きみは本当に経験がないんだね」彼の目に満足げな光が輝いた。「それを知って、いっそう興奮させられるよ。なんといっても、僕は自由な男だから」

不安ながら、今度はマギーの笑う番だった。「石器時代の男性にしては自由かもね」

「僕は時代遅れだというのか？」

「初めて愛しあったときに私がバージンで、妊娠したかもしれないから、あなたは結婚しなければいけないと思っているのよ。同じ理由で、私を自分のものだと考えているんだわ」

トマソは身動きもしないまま、真剣な表情になった。「そういうことが気になるのか？」

トマソから聞いたリアナの非難を思い出した。彼との生活は牢獄《ろうごく》にも等しいと。軽薄な答えを返すのは控えよう。「正直に言ってほしい？」

「ああ。いつでも正直に答えてほしい」

「あなたも正直に話す？」

「いつも正直だ。嘘《うそ》はつかないよ。ずっとね」

約束の言葉を聞いて、マギーの心に喜びが広がった。「原始時代の男性って魅力的だわ」

トマソがほほ笑んだ。「それはうれしいね」

彼はマギーのそばに寄った。彼女の注意を引いたのは、たくましい高まりだけではなかった。トマソの体はすばらしい。筋肉がくっきりとして、日焼けした肌は薄暗がりのなかでも光をおびている。

「あなたっておいしそう。知ってた？」

「同じ言葉をお返しするよ」

そんなことを言うのは欲望のせいに決まっている。マギーは唇を噛《か》んだ。平凡すぎる自分が、トマソにおいしそうだなんて思われるはずがない。だが、彼が本気で言っているのがわかった。心からまじまじとマギーを見つめている。

「毛布をどけて愛しあってもいいかい？　それとも毛布の下に隠れてするほうがいいかな？」

そう、マギーは隠れていた。体は首から爪先まで、軽い綿の毛布とシーツで覆われている。トマソから隠れたくはない。答える代わりにマギーは毛布をはがし、淡いピンクの短いガウンを着た体をあらわにした。露骨にセクシーなガウンではなかったが、丈は腿の途中までしかなく、とがった胸の先が薄い生地越しにはっきりとわかる。トマソの目に輝く炎が、それに気づいたと語っている。

彼は脈打つ首筋から胸のふくらみまで指先を走らせ、片方の胸のまわりをなぞると、すばやく頂に触れた。マギーはあえぎ、両手を握りしめた。

「とても敏感なんだな」トマソはもう片方の胸にも指を這《は》わせ、じらすような愛撫を与えた。「興奮させられる」

「私もよ」マギーはささやいた。

トマソが身をかがめると、彼の高まりが腿に触れ、マギーは驚きの息をのんだ。あまりにも新鮮な感触だった。彼の欲望のあかしは熱くてたくましいのに、なめらかだ。マギーの想像とはまったく違った。でも、すばらしい。

トマソは彼女の肩に片手を置き、親指で鎖骨を撫《な》でた。飢えたライオンさながら、むさぼるようにマギーを見つめる。「何も怖がらなくていい。二度と痛い思いはさせないから」

貪欲《どんよく》なまなざしだが、マギーは彼を信じた。「怖くないわ」

「緊張しているね」

彼女はほほ笑んだ。胸が早鐘を打っている。「何もかも新しい経験だもの」

「そうだろうな」

マギーは顔をそらした。うまくいかなかった経験を思い出すとつらい。「からかわないで」

「そんなつもりはない。僕はただ……」トマソは彼女の顎の線を唇でなぞった。「きみがうぶなところに興奮させられる」唇で彼女の口の隅をかすめ、唇に舌を這わせる。マギーがわなないた。「とても興奮させられる」

不慣れだという不安を追いやり、マギーはトマソに向き直って唇に唇を押しつけた。彼女は奔放に振る舞い、キスは情熱的になっていった。体の隅々まで焼きつくされそうだ。

その間、トマソの手はあますところなく彼女の体を探索し、彼女がその存在すら知らなかった敏感な部分を教えてくれる。マギーも届くかぎりの場所に手を這わせた。トマソは彼女に体を押しつけた。だが、マギーの指がためらいがちに欲望のあかしを包むと、トマソはすっかり動きを止め、キスを中断した。

「そう、そこだよ、マギー」

マギーの手が上下に動き、トマソは彼女の唇に唇を押しつけてうめき声をもらした。もう一度むさぼるようなキスを始める。トマソは彼女に体を自由に探索させた。彼女が恥ずかしがると手をとって導き、どんなふうに愛撫されたいか、喜びを与える方法を教える。体が緊張し、震えている。

「もう充分だ」低くうめき、トマソは彼女の手をわきにどけた。

「でも、あなたに触れるのが好きなの」

「僕もだよ。でも情熱的な喜びを与えられたいなら、最初はあまりあおらないほうがいい」

トマソはマギーに答えるすきを与えず、また愛撫しはじめた。最初はガウン越しに、そしてそれを脱がせると、じかに彼女の体をまさぐった。どこをどう刺激したらいいか、彼はよく知っている。たちまちマギーは震えだした。だが、トマソの技巧はそんなものではすまなかった。両手が這いまわった彼女の体を、今度は口で責める。

彼の唇と舌で、これまで想像もしなかったような快感を与えられ、次から次へと押し寄せる喜びにマギーは歓喜の声をあげた。

トマソが顔を起こした。「だめだよ。子供たちに聞かれたくないだろう。ここはいくらか防音になっているけど、壁の向こうにいる子供たちに聞こえないかどうか試そうとは思わない」

「つまり、恋人を連れてきたことはないの？」

「ここで愛を交わしたことはない」

「まあ」なぜかわからないが、それを知ってマギーはうれしかった。

トマソはまたマギーの脚のあいだに顔を近づけた。耐えがたいほど官能的な光景だ。今度は腿よりさらに感じやすい部分を舌で愛撫する。マギーは唇を噛んで声をあげまいとこらえなければならなかった。トマソが舌を這わせ、秘めやかな部分に指を入れて突き進むと、彼女はすすり泣いた。

トマソは小さな甘いふくらみを歯ではさんで刺激し、舌先で何度も愛撫を加えた。マギーの理性は完全に吹き飛んだ。甘美な責め苦を与えられ、思わずもれそうになる叫び声を必死でこらえる。

舌での愛撫に反応して、マギーは繰り返し身を震わせた。トマソがのしかかってきたとき、マギーは喜びの名残でわなないていた。彼は小刻みに震える敏感な場所に高まりを押しあてた。

「用意はいいかい？」声が緊張している。

「ええ」

トマソは彼女のなかにゆっくり侵入し、マギーはじれったい思いで完全に満たされるのを待った。力を使いはたした気がしていたにもかかわらず、信じがたいことに、マギーはトマソの下で動きはじめた。征服されるのが待ちきれない。

彼はすぐさま理解し、勝利の笑い声を低くあげるとペースを速めた。マギーは新たな喜びに身もだえした。

「これでいい……僕と一緒に動いてくれ。情熱を見せてほしい、美しい人《ベッラ》」

「ベッラ？」たちまちマギーは屈辱感に襲われた。なにも今この瞬間に、別の女性を思い出さなくてもいいのに……。

「美しい」トマソが続ける。「情熱にかられたきみはとても美しい」

美しい？　ベッラはイタリア語で美しいという意味だったのね。そうに決まっている。

何年も前のあのとき、トマソはほかの女性のことを考えていたわけではなかったのだ。けれどマギーはふたたび絶頂に達し、そんな物思いは消えてしまった。彼女がもらしそうになった叫び声を、トマソの口が吸いとる。トマソはマギーの上で緊張し、腕を彼女に巻きつけて上りつめた。

トマソの体から力が抜けた。大柄な彼にのしかかられているのに、マギーには軽く思えた。それどころか、すばらしい感触だ。

トマソが彼女のうなじに鼻をこすりつける。「きみは最高の恋人だよ」

「あなたもそう悪くなかったわよ」

「当然さ」

傲慢な言い方に、マギーは声をあげて笑った。すっかり満ち足りた思いで、うぬぼれた言葉も気にならない。

トマソは両腕をついてバランスをとりながら上半身を起こした。「今、僕たちが分かちあったものはとても特別だ。きみには比べるような体験がないだろうから、僕を信じてくれ」

「リアナとはどうだったの？」考える前に言葉が飛びだし、マギーは舌を噛み切りたくなった。

だがトマソは気を悪くした様子もなく、さらに考え深げな表情で答えた。「リアナはいつも誘惑されることを望んだ。きみのように情熱を思うままにあらわにしたことはない。きみは女性としての欲求を惜しみなく見せてくれる。それがどんなに貴重か、わからないだろうな」ふたたびキスをする。「きみとの愛の営みはまれに見るものだ、本当にすばらしい」

手放しで褒められ、マギーは言いようのない喜びに包まれた。「今度は前よりよかったわ」

恥ずかしそうな告白に、トマソは声をあげて笑った。「うれしいよ。僕の愛の手管が大したことないなんて、思われたくないからね」

今度はマギーがくすくす笑った。「そんなささいなことを気にするなんて、嘘でしょう」

「自分の恋人の目に不完全に映ることは、男にとってささいな問題じゃない」

「私の目にはあなたの欠点なんて見えないわ」今しがたの経験にすっかりまごつき、思わず本音がもれた。「あなたは私にとって完璧な男性よ」

ほほ笑んだトマソは純粋にうれしそうだ。「だったら、結婚を承知してくれるね」

「私は……」マギーの言葉は、新たな情熱を求める彼の唇にさえぎられた。

目が覚めたとき、マギーはベッドにひとりだった。トマソのTシャツを身につけている。眠っているあいだに彼が着せてくれたのだろうが、まったく記憶にない。でも……一度ならず愛を交わしたことは覚えている。一度目のあと、彼女が結婚を承知するものとトマソが確信していたことも。

彼ほど確信はなかったが、マギーの心も揺れていた。ゆうべのような体験をしたあとでは、自分がもうトマソに不釣り合いだとは思えない。それくらい特別な経験だった。

それでもいまだに不安はある。ベッドでの相性がどんなによくても、ベッドのなかで一生暮らすわけではない。それに、愛から始まらない関係がいつまで続くだろう？

マギーはシャワーを浴び、替えのジーンズと蛍光ピンクのTシャツを身につけた。子守り《ナニー》にはぴったりの服装だ。子供は明るい色を好むので、そんな服を着ることにしていた。けれど、プリンセス・テレーザなら、バーゲンで買ったジーンズと蛍光色のTシャツ姿でいるところなんて想像もつかない。トマソはどうして私がプリンセスにふさわしいなどと思えるのだろう。

　きりのない疑問をめぐらしながら、マギーはトマソのいる客室に行った。子供たちはもう起きていた。彼らが朝食をとるテーブルで、トマソは仕事をしている。その横にジャンニが座り、ふたりの向かいに座ったアンナの隣の席があいていた。

　マギーはそこにすべりこんだ。「みんな、おはよう……それとも北京《ペキン》ではもうお昼なのかしら？」

「むしろ早朝だ。もう日付が変わったよ」トマソが言った。

　アンナがマギーの頬にキスをした。「ずいぶん寝てたのね。あたしたちが着替えたりしても、起きてこないんだもん」

「かなり疲れていたんだわ」マギーはトマソの目を避け、子供たちに笑顔を見せた。

「よく眠れたかい？」トマソがきく。

「ええ……そうね。ぐっすり。ありがとう」

「熟睡していたんだろう」

　トマソがベッドを離れたことにも気づかなかったから？　私を困らせているのね。寝顔を見られたと思うと親密な感じがする。私は寝言で彼の名前を呼んだのかしら？

「そうだよ、きっと。ぼくたちが起こしに行っても起きなかったんだから」ジャンニがじっとマギーを見つめている。「パパは大きすぎて椅子で寝られないから、マギーと一緒にベッドを使わなきゃならなかったって言ったけど、マギーはどうしてパパのベッドにいたの？」

　私がパパのベッドにいたんじゃなくて、パパが私のベッドに入ってきたのよ。そう説明してもジャンニには違いがわからないだろう。「私は……ほら、ベッドのほうが楽でしょ。それに、ふたりで寝ても大丈夫なくらい大きなベッドだから」

「一緒のベッドに寝るのはパパとママだけだと思ってた」アンナが無邪気に言う。

「マギーとパパももうすぐそうなるんだよ」

「パパたち、結婚するの？」アンナはびっくりした顔で尋ねた。

「そうだよ」トマソは断言した。

「トマソ！」出し抜けに言われて、マギーは完全に面食らった。

とはいえ、別に驚くには当たらない。目的のためなら無慈悲になれることを、このスコルソリーニ家のプリンスはすでに体現したのだから。

10

抗議するマギーの声はアンナとジャンニの歓声にかき消された。

「じゃあ、もうマギーがママになってもかまわないのかい？」トマソは息子に尋ねた。

父親そっくりのジャンニの目が輝いた。「うん。もしマギーがママになれば、子守り《ナニー》よりずっといいってパパは言ったよね。今までみたいに僕たちの世話をしてくれて一緒に遊んでくれるけど、いつまでもいてくれるからって」

トマソは私のことをそんなふうに子供たちに話したの？　どんな母親になるかと。

「そうだよね、マギー？」ジャンニがきいている。

声には不安そうな響きがあった。

「もしあなたたちのママになれば、今までどおり一緒にいたいわ。それに、どこへも行かないわよ」

アンナが首に抱きついてきた。目にいっぱい涙をためている。「マギーがママになればいいなって思ってたの。大好き、マギー」

マギーは自分も目の奥が熱くなるのを感じ、愛情をこめてアンナの背中を抱きしめた。「私も愛してるわ、妖精《ようせい》さん。ジャンニ、あなたもね」

いつのまにかジャンニが隣に立ってマギーに抱きついていた。優しい表情で満足そうに見つめるトマソを見て、マギーは叫びたくなった。結婚するなんて言ってないわ。愛しあっただけでは真剣な約束にならないのよ。

でも、この子たちを失望させられる？

自分が何より求めるものをトマソにまんまと見抜かれたことは否定できない。彼と子供たち……私の家族。不安はあるし、不平等な関係のせいで傷つくこともわかっている。だが、マギーの心には喜びが広がっていった。ついに夢がかなうのだと。

それでも、トマソには私のことを勝手に決める権利なんてないはず。

ホテルのスイートルームに落ち着いたとき、マギーはトマソに自分の考えを言うつもりだった。彼の魂胆は見え見えだ。居間がひとつと寝室がふたつしかないのだから。中国まで同行した数人の護衛たちは隣のスイートルームで、パイロットと客室乗務員は別の階に部屋をとっていた。

ゲームをしている子供たちを残し、マギーは寝室に入っていくトマソを追った。

「私はどこで寝たらいいの？　アンナのベッドはふたりで寝るには狭すぎるわ」

書類かばんをベッドに置いて顔を上げたトマソは

無表情だった。「中国で広い部屋や大きなベッドがあるところを見つけるのは難しい」

「あなたのベッドはずいぶん大きいけど」

「それは幸いだな。さもなければ僕たちふたりとも心地よく寝られないから」

「あなたと同じベッドは使わないわよ」

トマソは荷ほどきの手を休めてマギーと向きあった。青い瞳が探るように見つめている。「当然、僕とひとつのベッドを分けあうんだよ。ほかに場所はないんだから」口元になかばからかうような笑みが浮かぶ。「きみも言ったように、アンナのベッドは一緒に寝るには狭すぎる」

「私の部屋で眠るわ」

「このスイートルームにほかの部屋はない」

「だったら私のために部屋をとってちょうだい。客室乗務員にはそうしたでしょう。少なくともそれくらいの配慮があっていいと思うわ」

「これは配慮の話じゃない。きみは僕のベッドに入ることになっているんだ。ゆうべ、それで折りあったじゃないか」

「何も折りあっていないわ。中国に着いてから私がどこで眠るかなんて、話してないもの」

「僕たちのあいだに起こったことを考えれば、どこで眠るか話す必要などないだろう」

「何もかも計画の内なのね」マギーは彼をなじった。「ゆうべのことは言い訳にならないわ。飛行機に乗る前に部屋は予約してあったんだから」

「僕はなんの罪で責められているのかな？」トマソはすべて筋が通っていると言わんばかりだ。

マギーの怒りはさらにつのった。とても筋が通っているとは思えない。操られている気分だ。「あなたのお楽しみの相手としてなら、この旅に来なかったわよ」

「僕たちは結婚するんだ。自分をおとしめるような言い方は二度としないでくれ」

「結婚するって誰が言ったの？」

「僕だ」

「最新ニュースを教えてあげるわ。結婚には双方の合意が必要なのよ。今の時代ではね」

「ゆうべ、きみの体は結婚することに同意していた。それに今朝だって、否定しようとしなかった」

「わかったわ！」

「何が？」

「あなたは結婚を承知させるために、子供をだしに使ったのよ。あの子たちに私がノーと言えないのを知っているから。卑劣な人。あなたの間違いだったとわかれば、子供たちにとって残酷なのは言うまでもないわ。守れるかどうか疑わしい約束をするなんて、どういうつもり？」

「僕は間違っていない」非難を浴びて、トマソはひどく傷ついたように見えた。「ゆうべ、きみは僕に身を投げだしたじゃないか……きみが僕たちの運命を決めたんだ」

「私たちは体で結びついただけよ！　生涯にわたる誓いを述べたわけじゃないわ！」

「きみが僕に与えたのは誓いの言葉も同然だ。きみはそういう女性だよ」

　マギーはトマソをにらみつけた。彼の指摘と、どんなに自分を見抜かれているかという事実に、打ちのめされていた。いまいましいけれど、トマソの言うとおりだ。今では彼と約束したような気がしている。でもそれはベッドをともにしたことが理由ではない。彼への愛をマギーは自覚していた。

　トマソは私を誘惑し、便宜上の結婚を受け入れさせたのだ。承知したと口に出さないのは、マギーの頑固なプライドだけが理由だった。

　これほど巧妙に操られたことに煮えくり返る思いで、マギーは背を向けた。「あなたとここで眠るなんてお断りよ」

ドアノブに手をかける暇もなかった。

トマソは彼女の肩をつかみ、いやおうなしに振り返らせた。「どうしたんだ？　なぜそんなに怒る？　僕は結婚相手としてそう悪くないと思うが」

ややうぬぼれのこもった最後の台詞《せりふ》をマギーは無視した。「ここに着いたら私を誘惑するつもりだったという見え見えの魂胆のほかに？」

何よりもマギーを苦しめているのはその点だった。ゆうべはトマソの言葉を信じたのに、彼はマギーの選択を尊重する気がなかったのだから。

トマソは荒々しくため息をつき、険しい顔になった。「きみの誤解を正させてくれ。ホテルに着いてから部屋を替えた。そんな手配は造作もない。しかし最初の予定では、きみ用の部屋がついたスイートルームと、ボディガード用に廊下をはさんで向かいあうスイートルームが用意されていた。ゆうべのあと、僕は思った。傲慢《ごうまん》な考えかもしれないが、きみは僕と同じベッドでいやがらないだろうと。何より、僕はきみにそばにいてほしい。だから部屋を替えたんだ」

「まあ」

「機嫌は直ったかい？」

「少しね」本当はかなり、だけれど。「だからといって、私の了解も得ず、結婚するつもりだと子供たちに告げたことの理由にはならないわ。私、強要されるのは嫌いなの」

「強要なんかしていない。きみが承知したんだ」

マギーはあえいだ。「あなたと結婚するなんて言ったおぼえはないわ」

「きみは体ではっきり示したじゃないか」

「でも……」

「〝でも〟はなしだよ、マギー。きみの体のほうが口よりずっと正直だ」

「嘘《うそ》はついてないわ」

「なら、僕の妻になりたくないと言ってみろ……恋人にもなりたくないと。はっきりきみの口から聞いたら、信じるよ」

マギーはトマソを見つめた。口を開いたが、声が出ない。彼が指示した言葉も本心も告げられなかった。代わりに、自分には同じくらい重要な真実を言った。「またあなたに傷つけられたくないの」

「六年前も傷つけるつもりはなかったし、ふたたび傷つけるつもりもない」

マギーは信じられなかった。私を傷つけたことに初めは気づかなかったのに、今度はそれを避けられるというの？　無理よ。私はトマソを愛しているけれど、彼は私を愛していないのだから。

「リアナみたいな人がまた現れたらどうする？　もっとプリンセスにふさわしい人が」マギーはTシャツとジーンズという自分の服装に目をやった。「私を見て。プリンセスの柄じゃないわ」

トマソは厳しい表情で彼女の肩をつかんだ。「外見で人の中身は判断できない」

「たいていの男性が一生のうちにつきあうより多くの美女と、大学時代に交際していたあなたが、そんなことを言うなんて」

「あのころより僕も成長した」

「成長したとかいう問題じゃないわ」

「いや、そういう問題だ」

「でも、お兄さまの結婚相手を考えてみて。私はテレーザと大違いよ。彼女は王室に近いところで育ったし、どこから見ても洗練されて気品があるわ。モデルになれるほどの容姿で、〝世界の美女百人〟に選ばれても不思議はないくらい。まさにプリンセスそのものよ」

「もしもきみの自信が深まるなら、新しい服を買いそろえるとき、テレーザにつき添ってもらおう。しかし僕が結婚したいのは、そのおいしそうな体のなかにある、きみという女性そのものだ」

「どうしてそんなことが言えるの？」

トマソは唇が触れそうなほど身をかがめた。「僕たちは最高の組み合わせだよ。きみは子供たちにとって願ってもない人だし、僕にとってもすばらしい女性だ。結婚したいのは当然だろう？」

　唇が重なると、マギーは乱れた思いのまま、キスにとろけそうになった。もしトマソと結婚しなければ、彼の秘密の愛人になって、いつかは妊娠するだろう。トマソのことではどうにも自制心が働かない。自分を守ることすらできない。

　初めてのときと同じように、ゆうべも私たちは避妊具を使い忘れた……。

「あなたは何も使わなかったわ」顎に沿ってキスの雨を降らせる彼に、マギーは言った。

「なんのことだ？」トマソの声は満足げにかすれている。

　マギーは体を駆け抜ける興奮を無視して、気持ちを落ち着けようとした。「わざとだったの？」

「何がわざとなんだい？」

「ゆうべも避妊具を使わなかったわ」

　トマソは唇を離して体を起こし、マギーをにらみつけた。「それはどういう意味だ？」

「わざと避妊の措置をとらずに愛しあったのか、知りたいのよ。もし私が妊娠すれば、あなたは思いどおりに事を運びやすくなるもの」

　トマソは思案するように青い目を細めた。その魅力的な顔に罪悪感らしきものがよぎった。

「そうなのね」マギーは激高した。「妊娠の可能性を高めるのが目的だったんだわ」

「違う」

「やましそうな顔をしたじゃないの」

　マギーを見据えるトマソの顔がいちだんと険しく

なった。「嘘などついていない」

「でもさっきの……あなたの表情は……」

「きみの体に無責任だった自分に罪悪感をおぼえたんだ。しかし、そのことだけでも、僕たちが結婚するべきだという理由になる」

「どこからそんな考えが生まれるの？」

「きみに触れると僕は自制がきかなくなる。きみだってそうだろう。遅かれ早かれ、きみは身ごもるはずだ。結婚という絆《きずな》を強めるためには子供がいるほうがいい」

「私との結婚生活は、リアナとの暮らしとはわけが違うわよ」

「わかっているさ」

「そうかしら。私は仕事中毒《ワーカホリツク》の相手に我慢する気はないわ。私と子供たちを最優先して、少なくとも九十パーセントの時間を家族に充ててほしいの」

「だったら、たまには今度みたいに出張につきあってくれるかい？」

「それで家族と過ごす時間が増えるなら、いいわ。でも、私だけが妥協するわけじゃないわよ。あなたは誕生日や学校の行事にも出なければならない。つまり、仕事で緊急事態が発生しても、もっと財産を殖やしたくても、それより子供たちや私の気持ちを優先してほしいということよ」

微笑したトマソをマギーはにらんだ。

「本気よ。私に結婚を承諾させる前に、約束してちょうだい」

「やれると思うよ」

「思うだけじゃ不充分だわ。最後までやりとおしてくれなくちゃ。それに週末はふつうに休んでほしいし、最低でも年に二度は家族での休暇をとってほしい。クリスマスや復活祭《イースター》といった祝祭日は家族で過ごしたいの」

「祝祭日を家族で過ごすのはスコルソリーニ家の伝

統だ。しかし、たいていの家族は年に一度しか休暇がないと思うけど」

「プリンスなんだから、たいていの家族とは違うわよ。あなたは相当なプレッシャーのある仕事をしているし、立場上、要求されるものも多いわ。せめて年に二度は何もかも忘れて、あなたにとって子供たちと私がいちばん大事だと感じてほしいの」

これほど無謀な要求を突きつける自分がマギーは信じられなかった。でも、絆の強い家族にする方法はわかっている。それにトマソがしっかりした家庭を与えてくれれば、結婚生活が続く見込みもあるかもしれない。

「よし。年に二度の家族休暇と、きみは毎晩僕のベッドに入る」

「ベッドをともにすることが、あなたにはずいぶん重要なのね？」

「ベッドではきみも楽しむと思うけど」

「今も楽しんでいるわ」

トマソはにやりと笑った。「じゃあ、これで合意に達したね？」

違う状況をマギーは想像した……またしてもトマソのいない人生を。アンナとジャンニのいない生活を。「ええ。あなたと結婚するわ」

それから二日間、トマソは多忙だった。夜遅くまで会議に次ぐ会議が続いた。だが三日目、彼は午前中を休みにし、マギーたちを市場へ連れていった。ピンクと白の花が一面に刺繍《ししゅう》された黄色いシルクのキモノ風ガウンを、トマソが巧みな中国語で値引き交渉するのを見て、マギーは感心した。

ついに店主が折れ、トマソは誇らしげにガウンをマギーにプレゼントした。

「プレゼントなんて必要ないのに。あなたは本当に大切なものをくれたんだから」

「そうかい？」トマソが褒めてもらいたがっている

のは一目瞭然《りょうぜん》だ。

マギーはにっこりした。称賛の言葉を欲しがるなんて。彼にも弱い部分があるのね。「あなたはふたりのすばらしい子供をくれたのよ。私は生涯、感謝しつづけるわ」

「生涯、僕といることにも感謝してくれ」

「とんでもない」マギーはそっけなく言ったが、爪先立って彼の頬にキスをし、本当は感謝していることを示した。

トマソが無口になった。青い瞳が黒っぽくなっている。

「どうしたの？」

「きみが自分からキスしたのは初めてだ」

マギーは肩をすくめた。「恥ずかしがり屋なの」

「子供に対しては、いつも抱きしめたり、キスしたりしているじゃないか」

でも、トマソに対しては恥ずかしい。ベッドのなかでも、主導権を握る彼に応《こた》えるだけだ。

「結婚したら、もっと遠慮なくあなたを抱きしめたり、キスしたりするわ」

「約束してくれ。家族を優先すると僕が約束したように」

「いいわ」

「じゃあ、取り引き成立だ」

「あなたにとってそんなに大事なことなの？」

「ああ」トマソはそう言っただけだった。

マギーも答えを期待していなかった。子供たちの前なのだ。けれど、リアナは愛情深い女性ではなかったのだろうかとあらためて思わざるをえなかった。

中国の伝統的なお茶を飲める店に入ったとき、トマソが尋ねた。「結婚式はどれくらいの規模がいいかな？」

「私が選べるの？　王族の結婚式は盛大で伝統的なものでなければいけないんだと思っていたわ」

「豪華なロイヤルウエディングがしたい？」

「本当に私が選んでいいの？」

トマソは彼女のうなじを手で包み、親指で顎をなぞった。「ああ。いつだって選択権はある。気まずい思いをさせることは強制したくない」

「お父さまのバースデーパーティに出席するのは、私の義務だと言い張るくせに」

「二日もきみと離れていたくないんだ」

「優しいのね」

「僕は優しくなんかない」

男性は優しいと言われると、どうしていつも反論するのだろう。「じゃあ、気難しい人？」

トマソは身をかがめ、マギーの耳元でささやいた。

「僕は溶岩のように熱いんだ。今何よりもしたいのは、きみを燃えさせることだよ」

マギーは身を震わせた。ほかの男性なら夜の寝室での愛撫《あいぶ》でも引きだせないような反応を、トマソは声だけで引きだせる。「あの……ささやかな結婚式の話題に戻りましょう」

トマソはわけ知り顔でほほ笑んだ。どう見ても彼は、便宜結婚をやめる機会を私に与えまいとしている。結婚式までは性的な手段で私を引きつけておくつもりなのだ。マギーはひそかに疑っていた。トマソは彼女に与える影響力を知っていて、それを確かめることが気に入っているのではないかと。

「じゃあ、ささやかな式のほうがいいんだな？」

「ええ」

「よかった」

「人を大勢呼ぶのがいやなの？」

「簡単な式なら、すぐに結婚できる」

「まさか、私の気が変わると思っているの？」

「僕はきみを放さないよ」

「パパ、マギー、あれを見て」ふいにアンナが叫び、開いた戸口のそばを歩いている男性を指さした。地元のレストランを宣伝する電光掲示板を頭にのせている。

みんな大笑いしたが、老いた店主はやれやれとばかりに首を振った。中国も彼が幼いころとは変わったようだ。

マギーたちは裕福な旅行者が利用するレストランでランチをとった。もとは中国最後の皇帝の娘がいた家だったという。食事のあいだ、前世紀の正装に身を包んだ女性たちが踊りを披露した。

トマソはまた打ち合わせに出かけなければならなかったが、マギーも子供たちもホテルに残されることに不満はなかった。喧騒《けんそう》と人込みから解放されて休息をとりたかったのだ。

その晩、トマソがようやくホテルに帰ってきたとき、マギーは眠っていた。だが、彼がかすれた賛嘆の声をあげるのを聞いて目を覚ました。トマソが見たのは一糸まとわぬマギーの姿だった。きのうまで、彼女はナイトドレスを着ていた。結局は情熱が燃えあがるなか、彼に脱がされてしまうのだが。

もっと愛情を示してほしいというトマソの願いを思い出し、マギーはナイトドレスを脱いであからさまに誘惑することに決めたのだった。

トマソは気に入ったらしい。マギーは彼のほうを向いて熱いキスをした。

翌日、驚いたことにトマソはマギーと子供たちを紫禁城へ連れていってくれた。そこでは天壇を始めとする、祭祀《さいし》の場所をいくつもめぐった。

彼らが歩いていると、さまざまな国籍の女性たちがトマソを振り返った。だが、トマソは目もくれず、とりわけ美しく異国的な女性にさえ、視線を向けようとしない。

国に戻ってもトマソの態度が変わらなければいいけれど、とマギーは願うばかりだった。

さらに二日間、北京《ペキン》に滞在し、一行はディアマンテ島に戻った。島に着くなり、トマソはじきに再婚すると家族に電話で伝えた。マギーとトマソは国王の誕生日の前にスコルソリーニ島へ行こうと決めた。家族にマギーをもっとよく知ってもらうために。

　プリンス・トマソが子供たちのナニーと結婚することに動揺した家族はいないようだが、だからといって、彼らが疑問もなく事実を受け入れたわけでもないだろう。マギーとトマソがイゾレ・デイ・レの首都であるロ・パラディソに着くまで、反対の意を表明するのを控えているのかもしれない。

　だとしても、マギーは驚かなかった。孫のナニーと息子との結婚を望む国王などいるだろうか？　しかも、かつては息子の家政婦だった女性と。

11

マギーがロ・パラディソの宮殿に入るのはこれが二度目だった。イゾレ・デイ・レの首都のまんなかに位置する宮殿はどこもかしこも壮麗で、初めて訪れたとき同様、彼女は畏敬《いけい》の念に打たれた。

洞窟《どうくつ》を思わせる大理石の通路に子供たちの歓声が響く。マギーたちはプライベートな応接室に向かっていた。スコルソリーニ家は結束が固く、両親が亡くなってからマギーがあこがれていたような家族だった。

　トマソは家族用の応接室にマギーを連れて入り、父親に紹介した。ビンセント国王はトマソと同じ青い目をしていたが、マギーに向けた視線は鋭く、品定めするようだった。挨拶《あいさつ》の笑みがマギーの口元から消えた。

長男のクラウディオも威圧感のある人だった。豪華なブロケード織りのカバーがかかったソファにトマソと腰を下ろしたマギーに、クラウディオは感情の読めない目を向けた。子供たちは別のソファに座った祖父の横に腰かけ、クラウディオとテレーザはアン女王朝様式の肘掛け椅子に座った。

くつろげる温かい雰囲気を狙《ねら》った部屋のようだが、だだっ広いうえに、みんなからどう思われているかと落ち着かず、マギーは応接室というより判事室にでもいる気分だった。

テレーザだけがほほ笑みかけ、まるで旧友のようにマギーの手を握った。「結婚すると聞いてとてもうれしいわ。会ったときから、あなたと子供たちの絆《きずな》は不思議なほど強かったわね。あなたが仕事を引き受けたかとトマソに電話できかれたとき、そう話したのを覚えてる。でも、もうわかったわ」

「いったい何がわかったんだ、テレーザ？」ビンセント国王が尋ねた。

「ふたりが前から知り合いだったことです。子供たちのなかにトマソの片鱗《へんりん》を見たマギーが絆を感じたのも当然ですわ」

味方してくれるテレーザに応《こた》えようとマギーは言った。「そのとおりです。アンナとジャンニを除けば、すぐに絆を感じたのはトマソだけです」

「それが本当なら、私たちが会ったことがないのはなぜかな？　息子が言う友情とやらは、きみを家族に紹介するほどのものではなかったのだろうか。きみは六年間、トマソの人生からすっかり消えていたようだが」

「僕がプリンスだということをマギーに知られたくなかったんです」トマソが機先を制した。「僕には大学と大学院を自分の力で卒業することが重要でした。一族の名に頼りたくなかった」

「だが、彼女がおまえの友人なら……」クラウディオの声がとぎれたが、ほのめかしは明白だった。

　本当の身分を隠していたら、マギーがトマソと親しくなるはずがないと言いたいのだ。

「大事な人にさえ何かを秘密にすることがあるものよ。他人には理解できない理由でね」テレーザが夫をいさめた。「六年前、トマソは事実を話さないことに決めたんでしょうけど、それはマギーのせいではないわ。あなたやお義父《とう》さまが彼女に説明を求めるものでもないでしょう」

「父上に歓迎してもらえるはずだとマギーに話したんですが。僕の勘違いですか？」トマソの声は部屋も凍るほど冷たかった。

「おじいさま《ノンノ》、マギーが嫌いなの？」アンナの下唇が震えている。「あたしは大好き。ママになってくれるんだもん」

「マギーは約束したんだよ、おじいさま《ノンノ》。マギーを追いださないで」ジャンニが言った。子供らしい顔が悲愴《ひそう》感をたたえて赤くなっている。「マギーをどこにもやっちゃだめだ」彼は飛びあがって駆けだし、トマソに飛びついた。「パパはおじいさま《ノンノ》にそんなことさせないよね？」

　トマソは息子を抱きしめ、厳しい視線を父親に向けた。「ああ。落ち着くんだ、ジャンニ。みんなおまえを愛しているから、心配いらないよ」

　ジャンニの行動に心を動かされたらしく、アンナがマギーの膝にのって首にしがみついた。「大好きよ、マギー。あたしのママになって」

　マギーは小さな体を抱きしめ、ため息を噛《か》み殺した。「大丈夫よ。誰も私を追いだしたりしないわ」

「でも、パパは怒ってるわ。わかるもん」

　今度はマギーもため息をついた。「そうね、誰にでもわかるわ。だけど怒る理由はないのよ。おじいさまと伯父さまは質問しているだけなの、私のことを知らないから」

「マギーのことを知ったら、あたしみたいに、みんな好きになるわ」アンナは自信たっぷりに言う。

「そのとおりだと思うわ、アンナ」テレーザが言葉を添えた。「私もマギーが大好き。私は人を見る目があるのよ」

　テレーザの言葉が夫と義父に向けられたものなのは明らかだった。かすかな皮肉を感じて、ふたりの男性は眉をひそめた。

「きみのことを少し話してほしい」国王はマギーに言った。多少波風を静めるつもりのようだ。

　クラウディオが考えこむ表情で見ている。「たしか六年前、きみがトマソのもとで働いていたとき、トマソから何度もきみの話を聞いたことがある。弟が暮らしやすいようにしてくれたそうだね」

「僕たちは親友だった」トマソが口を出した。「そう話しただろう」

「だが、雇用関係が終わったあとは続かない友情だった」質問ではなかったが、クラウディオの言葉には疑問がこめられていた。

「学生時代の友情はたいていそんなものです。大学のころからのご友人で、連絡をとっている方はどれくらいいらっしゃいますか？」マギーはきいた。

「ほとんどいないな」

「ほらごらんなさい」テレーザが言った。「あなたは無理な期待をしているのよ」

　クラウディオは肩をすくめ、今度は弟に視線を向けた。「彼女を雇うようテレーザに頼んだときにマギーのことを知っていたのなら、おまえがずっと彼女と結婚するつもりだったのも納得がいく」

「そうだよ」

「正確には違うんですけど」マギーは言った。

「どういうことかね？」国王が尋ねた。

「あの、ご子息には……計画があったんです」

「どんな計画なの？」好奇心で目を輝かせてテレーザが質問した。

「トマソは私が妻にふさわしいかどうか、まず試すつもりだったんです」マギーは真顔で言った。

「まさかそんな！」テレーザが叫んだ。

「でも、そうなんです」

国王はうなずいた。「それは賢いやり方だ」

いかにもスコルソリーニ家の男性らしい。マギーは苦笑まじりの嘆息をこらえ、テレーザにウインクした。テレーザは今にも吹きだしそうだ。

「テスト期間は短かったんだな」クラウディオが指摘する。

トマソはさっきの兄と同様、さりげなく傲慢《ごうまん》な様子で肩をすくめた。「マギーが僕の覚えていたとおりの女性だとわかるまで時間はかからなかった」

「なるほど」

アンナとジャンニに助けられながら、トマソは恥ずかしくなるほどマギーを褒めちぎった。イゾレ・デイ・レに保育所を作りたいというマギーの願いさえ、トマソは話した。

「それは興味深い考えだが、そんなに仕事をしたら、忙しすぎて息子や孫たちの面倒を見られなくなるのではないか？」

「何もかも一度に始めるつもりはありません、陛下。ディアマンテ島のトマソの家の近くに保育所を開くことから始めたいと思います」

「それでも、そうした活動をすれば、トマソや孫の世話をするうえで支障になるのは避けられない」

「ご子息はもう大人です」マギーは反論した。「子供みたいに私が面倒を見なくても大丈夫です。それに、ほかの子の世話をするために、アンナとジャンニをないがしろにしたりしません。この子たちは今もこれからも、私にとってもっとも大切な存在です。

だからといって、私がほかのことに関心を向けないわけではありませんが」今が二十一世紀なのを誰かが父に思い出させるべきだとトマソは言っていたが、これがいい機会だとマギーは思った。

国王は称賛するようにほほ笑み、マギーを驚かせた。「ありがとう。きみが理由もなく孫たちにこれほどの愛情を持つはずがないと信じていたが、確かめたかったんだ。いやな思いをさせたのなら、許してほしい。何を優先するか、きみのように考えない女性もいる。顧みられないと、夫も子供もひどく傷つくものだ」

ふいにマギーは思いあたった。リアナとトマソの結婚は、スコルソリーニ家の人々にとって苦悩のもとだったのかもしれない。わがままなリアナが自分の楽しみを最優先したせいで多くの人が傷ついたのだろう。

「私はそんなことはしません。信じてください」

「信じるとも。トマソが仕事で留守のあいだ、きみは一日も休みをとらなかったとテレーザから聞いた。休みたければ、子供の面倒を見てくれる使用人が屋敷にいるのに」

トマソがマギーに向けた意味ありげな視線はこう言っているようだった。〝結局、きみは本気で休みを欲しがらなかったな〟

トマソはあくまで自分が正しいと思いたいのだ。ほほ笑みそうになるのをこらえ、マギーは肩をすくめた。「子供たちといるのが大好きなので」

「私の息子といることもか？」

「父上」トマソが厳しい声で言ったが、国王はびくりともしない。

「きみは私の息子を愛しているのか？」

トマソは苦虫を噛みつぶしたような顔になった。

「そんな質問は不要だ。僕はこの結婚に満足している。だから父上も納得してください」

「無関係な質問だと？　そうは思わない」国王はまたマギーのほうを向いた。「もう一度尋ねる……息子を愛しているかね？」

　マギーには選択肢があった。嘘《うそ》をついてプライドを守るか、本心を言うか。嘘をつくのは下手なので、実際は選びようがなかったが。

「はい、愛しています」彼女は静かに答えた。片思いだというきまり悪さに、身を切られるような痛みをおぼえる。

　トマソが体をこわばらせたのを感じ、彼の視線を避けるためにマギーはアンナの髪を撫《な》でた。

「六年前も愛していたんだな？」たった今、防御壁が崩れたマギーの心に、国王は探るような質問をまた投げつけた。

　つらさのあまり、マギーは誰にも理解してもらえない苦悩に満ちた息を吸った。「私……それは陛下にかかわりのないことだと存じます」

「同感よ」テレーザが立ちあがった。「お義父《とう》さまは立ち入った質問をされているし、この場がそれにふさわしいとも思えません」大人たちの会話を熱心に聞いている子供たちに、彼女は意味深長な視線を向けた。「すでにお義父さまはこの子たちを動揺させ、次男を怒らせ、娘と呼ぶべき女性にばつの悪い思いをさせたんですから。スコルソリーニ家の男性が有能なのは存じていますけど、やりすぎです。マギー、もう自分の部屋へ行きたいでしょう？」

　マギーがうなずく前に、国王が言った。「すまない。子供たちを動揺させるつもりも、きみにばつの悪い思いをさせるつもりもなかったんだ」

「でも、ご子息を怒らせるのはかまわないんでしょう？」見当違いのユーモアを含んだ問いかけだったが、マギーは自分を止められなかった。

　国王は唇をゆがめたかと思うと破顔一笑した。息子そっくりの圧倒させられるような笑顔だ。「息子たちを怒らせるのは慣れているからな。みんな強い男たちだ」

「私も弱くはありませんけど、質問攻めにされるのは苦手です。それにプリンセス・テレーザもおっしゃったように、幼い子を動揺させるのはどうかと」

「すまなかったな、おまえたち」国王は両腕をさしだした。「許してくれるかい?」

アンナは祖父に駆け寄って抱きついた。だがジャンニはためらっている。

「ジャンニ?」

「マギーを追いだしたりしないよね?」

「もちろんだとも。マギーはおまえの家族だよ。スコルソリーニ家の一員だ。それにマギーを追いだすなんて、おまえのパパが許さない。私と同じくらい頑固だからな」

ジャンニはうなずき、駆け寄って隣に座ると、愛情あふれるしぐさで祖父の手をとった。マギーは心を動かされた。この家族にはイタリア人の血が流れているのだ。それがマギーには好ましかった。

テレーザから視線を向けられた国王は、椅子の上で身じろぎし、マギーに向き直った。「イゾレ・ディ・レに必要だという保育所の話をもっと聞かせてくれ」

その言葉はマギーへの尋問が終わったしるしだった。その後、会話はなごやかに進んだ。岩の下から這《は》い出てきたものでも見るような目で見られることも、気まずい質問をされることもなくなると、マギーはトマソの父親に魅力を感じた。クラウディオは静かだが、結婚への懸念は消えたようだ。

それでも、食事の前に少し休んで化粧直しでもしたらとテレーザに勧められたとき、マギーは心からほっとした。

12

「明日の朝、ナッソーへ買い物に行きましょう」マギーと応接室から出ていきながら、テレーザが言った。

「すてきだわ。ありがとうございます。お義父《とう》さまの誕生日の祝賀会に使用人のような格好で現れて、トマソに恥をかかせたくなかったの。でも私の予算では、デザイナー服など買えそうもなくて」

テレーザは優しく笑った。「たいていの女性はそうだから心配しないで。いいお店を知っていれば、服をそろえるのは簡単よ。でも女性の外見なんていくらでもごまかしがきくけど、あなたの内面はかけがえのないものだわ」

「明日は何時の飛行機ですか？」ふたりの背後からトマソが尋ねた。

「私は祝賀会の準備にまにあうように戻らなければならないから、あさっては時間がないの。だから今夜のうちに出発しようかしら。そうすれば、明日まる一日買い物できるわ」

「たかが服を一着買うのに二日もかかるとは」トマソは不満そうな顔をしている。

「マギーには今回のドレスだけじゃなくて、いろいろと支度が必要よ。まもなくあなたの妻になるんですもの。最低限の服は急いでそろえないと。あなたの友人や仕事関係の人と一緒のとき、マギーが居心地の悪い思いをしないようにね」

テレーザがわかってくれたことに感謝してマギーは笑みを向けた。

「だったら、僕も行くべきかもしれない」

「いいえ。男性のお供はいらないわ。意見を主張したり、自分がいつも正しいと思っている自信家の場合はなおのことね」

トマソが反論する前にクラウディオが廊下に現れ、ビジネスの件で意見を聞きたいと弟に言った。

「トマソはあなたを自分の目の届かないところに二日もやりたくないのね」テレーザはマギーとともに大理石の階段を上っていった。

「どうしてかしら」

「独占欲が強いのよ」

「どうやら一族の特徴みたい」

「ええ。でもクラウディオなら、私といるためにアメリカまで買い物につきあうなんて言わないわ」

「あなたのような地位にある方なら、義務を果たすために別行動をとることに慣れてらっしゃるんでしょう」

彫刻のほどこされた大きな扉の前でテレーザは立ち止まった。「そうね」

その声にマギーは悲しそうな響きを感じたが、わけはきかなかった。「本当に何から何まで感謝しています、プリンセス・テレーザ」

「どういたしまして。私たちは家族なのよ、マギー。テレーザと呼んでちょうだい」

マギーはうなずいた。「でも、ビンセント国王をほかの名で呼ぶなんて考えられないわ」

テレーザに続いて、マギーはトマソと泊まることになる広いスイートルームに入った。

トマソが食事のために着替えに来たとき、マギーは前の雇主と社交の催しに出る際の装い用に買った、優美な黒いドレスを身につけていた。いつもの明るい色の服とはまるで違うが、それを着るとまわりになじんでいる気になれた。社交の場で浮いていると感じたくなかったのだ。

けれど今夜は、いつもの自分と大して変わらない気がする。

「休めたかい？」トマソが尋ねた。

「ゆっくり入浴したの」

トマソの瞳が熱をおびた紺色に変わった。「僕も一緒に入りたかったよ。午後は仕事の件で兄と話していたが、そのあいだ、父が子供たちの相手をしてくれたんだ」

「あなただって楽しんだはずよ。仕事のストレスが生きがいなんですもの」

「クラウディオはそうだろうが、僕は風呂のなかできみと愛しあうほうが好きだ」

マギーは頬が赤らむのを感じた。「ほかのことは考えられないの？」

「きみの情熱は僕をとりこにする。きみのことを考えずにいるのはひと苦労だよ」

彼女は顔をそむけた。トマソの言葉は心からのものに聞こえた。「テレーザと今夜九時の飛行機で行くことにしたわ」

急にトマソはマギーのウエストに手をまわし、むきだしのうなじに唇を押しつけた。「きみが恋しくなる。きみも僕を恋しくなるかい？」

「わかっているくせに」

「僕を愛しているから？」

いつその点に触れられるかとマギーは思っていた。否定してもしかたがない。自分の思いはトマソの家族の前で認めてしまったのだから。「ええ」

「うれしいね」

なぜそのことが気になるのか、マギーはききたかった。だがトマソにキスされると、質問どころではなくなった。

着替えおわったトマソは部屋の向こうへ行き、壁にはめこまれた金庫を開けた。そして細長いベルベットの箱をとりだし、マギーに渡した。

「これは何？」

「開けてごらん」

言われたとおりにすると、みごとな真珠のネックレスが現れた。「まあ、きれい」マギーは息をのんだ。

「きみのドレスに似合うと思う」

マギーはトマソの手に箱を返した。「リアナの宝石は身につけたくないわ」あとずさりながら言う。

「リアナのものではない。彼女はもっと派手好みだった。これは母の形見だ」

「だったら、なぜテレーザが持っていないの？」

「成人に達したとき、父はクラウディオにも僕にも母の形見をくれたんだ」

「リアナはそれをつけたことはないの？」

「ああ、断じてない」

「いいわ」いかにもぶしつけな言い方だったと思い、マギーはつけ加えた。「どうもありがとう。本当にきれいだわ。あなたのために大事に扱うわね」

「それはもうきみのものだ」

「ありがとう」

「リアナが身につけたとしたら、気になる？」

「ええ」

トマソは重々しくうなずいた。「それなら、安心してくれ。前にリアナが持っていたものは決してきみにあげないから」

つまり、彼の心も。トマソはすでにそれをはっきりさせていた。

ナッソーへの旅はマギーにとって新鮮な発見だった。一流デザイナーの服をどこで買えばいいか、テレーザは完全に把握しているし、マギーに何が似合うかもよく心得ていた。

その日、トマソは三度、電話をかけてきた。朝と昼時、さらに二時間後。会話は短くて少しもロマンティックではなかったが、マギーは電話をもらったのがうれしく、しばらく笑みが消えなかった。彼女とテレーザは買い物の大半を終え、装身具は二日目に買おうと決めた。

育った環境の違いにもかかわらず、マギーとテレーザには共通点がたくさんあることがわかり、ふたりしてよく笑った。おかげでマギーは、もしかしたらトマソとの生活になじめるかもしれないと思えてきた。最善を尽くそう。

歩きまわって疲れた筋肉をほぐすために、ふたりはプールに付属したジャグジーに入った。

バスタブにもたれたテレーザのまわりで温水が泡立つ。「ああ、いい気持ち」

マギーは噴出する温水が腰のあたりに当たるよう体をずらした。「このまま眠ってしまいそう」

「やめたほうがいいわ。監視カメラにとらえられた写真が、どこかの低俗なタブロイド紙に売られるかもしれないから。酔っ払っているだとか、下品な解説をつけられて」

「つねに人の目にさらされる生活は楽じゃないでしょうね？」

「幸い、私たちはバッキンガム宮殿ほどマスコミの注目を浴びていないわ。でもね、いつも誰かに見られている可能性があることを意識しなければだめよ。こうして私たちがリラックスしていることさえ、クラウディオが知ったら喜ばないでしょうね」

「ここへ来るとあなたが言ったとき、警備の人たちは少し不満そうだったわ」

テレーザは肩をすくめた。「いつでもひとり残らず喜ばせるわけにはいかないわ」

「でも、そう心がけているんでしょう？」

テレーザの異国的な顔に悲しみがよぎった。「最近はそれほどでもないの」

「自分のまわりの人が居心地よく暮らせるようにいつも気をつけていると、当たり前だと思われるようになるでしょうね」

「六年前にそういうことがあったの？　トマソはあなたに尽くされるのを当然だと思ったの？」

「ある意味では。でも、私はトマソの家政婦だったから……そういうことが仕事だったもの」

「でも、彼を愛することは仕事じゃないわ」

「ええ」

「自分のことを便利な存在だと思っている男性を愛するのはつらいでしょう」

　そこへ携帯電話が鳴りだした。トマソからだ。マギーはテレーザにひと言断り、電話に出た。「もしもし」

「やあ、僕の美しい人《ベッラ・ミーア》。買い物は終わった？」

「服はね。明日は装身具を買う予定なの」

　トマソはため息をついた。「もっと早く戻ってくるかと思ったのに」

「寂しがってくれてうれしいわ」

「そのはずだと言ったじゃないか」

「それでもうれしいのよ」たとえ彼が恋しがっているのはベッドのなかにいる私だとしても。

「水の音が聞こえるな」

「疲れた筋肉をほぐすためにテレーザとジャグジーに入っているの」

「公共のジャグジー？」

「ホテルのジャグジーよ」

「きみたちはホテルのなかを水着でうろつきまわっているのか？」

「うろつきまわってなんかいないわ。プールのあるところに来てから着替えたもの」

「テレーザがそんなことをするとは驚きだ」

「本気で心配しているの？」

「警備の人間はいるのか？」

「ええ」

「それなら大丈夫だ。もちろん僕もそこにいたいが、きみたちが心配というよりも自分のためだよ」少し間をあけて、またトマソは言った。「今夜、きみがいないベッドは寂しいだろうな」

マギーはため息をつき、電話を耳に押しあてた。そうすればトマソとの距離が縮まるとでもいうように。「あなたが恋しいわ」

「うれしいよ」

マギーは小さく笑った。「テレーザの話では、こぢんまりした結婚式なら一週間後、遅くとも二週間後には挙げられるんですって。早すぎるかしら？」

「ちっとも。そうしよう」

たとえどんな理由があるにせよ、トマソが式を挙げたがっているとわかって、温かいものがマギーのなかに広がった。

翌日の午後、ふたりはロ・パラディソに戻った。飛行機の扉が開き、マギーはそこに家族の姿を見つけた。片方の腕にアンナを抱き、もう片方の手はジャンニとつないだトマソが待っている。タラップを下りるなり、家族の輪のなかにいたマギーは、もしかしたら結婚生活に真の喜びを見つけられるかもしれないと思った。

その夜遅く、トマソのベッドのなかでマギーは確信を深めた。心ゆくまで彼と愛を交わし、彼女は忘我の境地をさまよった。

翌朝、マギーがテレーザ専属の美容師と予約があると知って、トマソは文句を言った。「髪を切らないことだけは約束してくれ」

「髪を切ってもらうのが目的なんだけど」

「僕は長いほうが好きなんだ」

「長いままで形を整えるように頼むわ。それでいいでしょう？」

トマソは顔をしかめたが、うなずいた。「化粧もしすぎないでくれよ。今夜のパーティにバービー人形をエスコートするのは願いさげだからな」

「あなたが買い物についてこないよう、テレーザが言い張ったはずだわ」

「きみが今夜のためにどんな服を買ったか、爪を噛《か》みながら心配したくないんだ」

「私があなたに恥をかかせないかと心配なの？」

「ばかな」彼はきっぱりと首を振った。「心配なのは、僕だけがひそかに楽しみたい、そのおいしそうな体をあらわにするドレスを買ったんじゃないかということだよ。僕は独占欲が強いんだ」

「私がセクシーに見えないか、気がかりなの？」

「そう見えるのはしかたないけど、テレーザが僕の想像以上にセクシーなものを選んだかもしれないと不安でたまらない」

トマソがそんなことを案じていたなんて。マギーは驚いた。「結果を見るまで、ちょっと待ってもらうしかないわね」

数時間後、全身を磨きあげられて別人のような気分になったマギーはそわそわしていた。美容師はあまり髪を切らず、巻き毛がセクシーに顔を縁どるスタイルにしてくれた。マギーの目を引き立てる化粧は抑えた色づかいで、ありふれたグレーの瞳が銀色をおびて見える。

ドレスはマギーの体を申し分なく見せてくれるデザインだった。夕日のような濃い朱色のオフショルダーで、胸から膝のあたりまで体の線に沿ってぴったりフィットし、その先はなだらかに広がって床まで届いている。ハイヒールのせいで五センチ以上背が高くなったが、マギーがトマソの目を見るにはやはり顔を上向けにしなければならなかった。

「どうかしら？」彼女はその場でくるりとまわってみせた。

「きみの関心を引きたがる二百人の前に連れていくより、今すぐここで愛しあいたい」

「気に入ってくれた？」

「すばらしい。きみほど美しい女性はいないよ」トマソの言葉には本音がこもっていた。青い瞳は彼が心からそう信じていることを告げている。

マギーの胸が高鳴った。「派手すぎない？」

「明るい色を着たきみが好きだ」

「よかった。流行のスタイルで、自分が着たいいろいろな色の服を買うよう、テレーザが勧めてくれたの」人まねではなく、もっと自分の個性を生かす服装をすることが大切だとテレーザは言った。その考えがマギーも気に入った。

「それはよかった。僕の世界に合わせようなんて思って、きみが変わってしまうのはいやだから」髪やドレスを台なしにしないよう気をつけながら、トマソは彼女を引き寄せた。「僕が求めている女性はきみだよ。きみは本物だ、マギー。だからこそきみといたいんだ」

ふたりが交わした笑みのせいで、マギーは足の先まで温かくなった。そしてトマソは彼女にキスをした。あとで口紅を塗り直すはめになったが、マギーはまったく気にならなかった。

数分後、マギーは誇らしい気分で舞踏室にトマソと並んで入っていった。

白のタキシード姿のトマソは息をのむほど魅力的だった。ほとんどの女性客が彼に目を奪われている。トマソの兄と弟も同様で、その日の朝イタリアから到着したマルチェッロはふたりの兄と同じく、はっとするほどハンサムだった。青い目は父やトマソにそっくりだが、肌は浅黒く、髪はもっと明るい茶色だ。彼の母親はブロンドなのだろうかとマギーは思った。

ともかく、マルチェッロにはまぎれもなく父親に似た点があった。スコルソリーニ家の男性特有の自尊心と自信。それが外見と同じように女性たちを引きつけるのだ。部屋にいる女性の関心をマルチェッロとトマソが分けあっていることは間違いない。ふたりは理想的な結婚相手と目されているようだ。マルチェッロは独身だし、トマソがまもなく結婚することは公式発表されていない。いつ公にされるのか、マギーは知らなかったが、あまり気にしていなかった。

　しかし夜も更け、美しい女性たちがトマソの気を引こうと次々と戯れてくるうちに、彼は私のものよとマギーは言いたくなった。トマソは少しも人目を気にせず、あるときはさりげなく、またあるときはあからさまにマギーを恋人だと態度で示した。彼女をダンスに誘おうとしたり、話しかけたりする男性に対してはなおさらだった。

　五度目にダンスを申しこまれたとき、マギーははっと気づいた。私はプリンセスではないのに、男性たちから注目されている。リアナみたいに美人でなくても、私がトマソの隣にいる権利を誰もが当たり前のように受け止めている。それは単にドレスや化粧や髪型のせいではない。彼の母親の宝石のせいでもない。私がこの男性のものだということを、ほとんどの人が本能的に感じたのだ。マギーに嫉妬《しっと》のまなざしを向ける女性もいた。トマソがなぜマギーを選んだのか不思議だと言わんばかりの顔をする人も。けれど、マギーがトマソのものではないと暗にほのめかす人はひとりもいない。

　私はトマソを愛している。その気持ちに嘘《うそ》はない。彼はたとえ愛してくれなくても、献身的に尽くしてくれるし、裏切らないことはたしかだ。トマソの情熱は私の愛と同様本物で、友情は情熱と同じくらい価値がある。

　この人は生あるかぎり私のもの。それで充分。それだけでやっていける。

　マギーはトマソに輝くばかりの笑顔を向けた。その笑みに、彼は何を話そうとしていたか、すっかり忘れてしまった。

　トマソが話していた相手、彼と同年輩の中東の国王が声をあげて笑った。「こんなに美しい女性がそばにいて注意をそらされては、ビジネスの話に引きこもうとしても無理だな」

　トマソは顔を赤らめ、笑って同意した。

　中東の国王が立ち去ると、トマソはマギーに向き直った。「どうしたんだ、マギー？」

「どうしたって、何が？」

「笑っているじゃないか」

「笑うのが好きなのよ」

「その笑みは特別なものだろう」

「ええ、そうよ。愛しているわ、トマソ」

　マギーのウエストにまわされていた腕に力がこもった。「うれしいね。でも、なぜそんなふうにほほ笑んでいるのか謎《なぞ》だな。幸福な思いがきみの体の奥から輝いているようだ。承諾したときから、きみが結婚に大乗り気でもないという印象を受けていたんだけど」

「あなたを愛しているから、とても幸せなの。あなたへの愛ではち切れそうよ。結婚に対していくらか不安はあったけど、もう大丈夫。あなたに愛されていないことはわかっているし、あなたのそばで居場所を見つけるのに努力しつづけなければいけないこともわかっているわ——いいえ、最後まで言わせて。やっとわかったの。里親のところにいた数年と違って、私はあなたの人生に一時的な場所を見つけるんじゃないと。死ぬまであなたの妻で、妻の座を守るために頑張る必要もない。ただあなたと子供たちを愛するだけ。そしてみんなで幸せに暮らすの。それに気づくまで、なぜこんなにかかったのか不思議なんだけど、でも今わかったわ、あなたはすばらしい夫になるって。私はジャンニとアンナの母親になって、あなたの子供も産む。そういうことが、とてもとても、とても幸せなの」

トマソの表情がゆるみ、マギーと同じく輝くばかりの笑みが浮かんだ。「うれしいよ」

もうすぐ夜中の十二時というとき、ビンセント国王が全員の注意をうながした。二百人の客が集まった室内は静まり返った。

「今宵《こよい》、私の誕生日に集まってくれたことに、礼を述べたい。しかし、今後一年の健康を祝うよりもめでたい知らせがある」国王は期待を持たせるように間をおき、マギーとトマソを手招きした。ふたりが横に並ぶと、王はほほ笑んだ。「この愛らしく美しい女性が息子の求婚を受けてくれた。スコルソリーニ家に新しいプリンセスを迎えることを、わが一族は喜ばしく思う」

クラウディオは王にベルベットの箱を渡した。ビンセント国王がそれを開けると小さなティアラが現れた。彼はマギーの両頬にキスをし、優しい手つきで頭にティアラをのせた。

「ようこそわが一族へ、娘よ」

割れんばかりの拍手が起こり、結婚式がいつか誰もが知りたがったが、公表はされなかった。

マギーは笑顔で祝福の言葉を受け、これまで感じたことのない平和な気持ちに浸った。

トマソは彼女こそ自分にとって大切な人だと、さまざまな方法で示してくれた。彼の人生にマギーをとり戻すために念入りな計画を練ったことや、結婚の条件として仕事の時間を減らしてほしいという彼女の要求をしぶしぶのんだこと、そして申し分のない愛の交歓も。

トマソは私を大切にしてくれるし、誠意を見せてくれる。愛していると口にする男たちが妻に与えるものより、結局はそうしたことのほうが大事なのかもしれないとマギーは思った。

ようやくマギーとふたりきりになれたとき、トマソは明け方まで愛を交わした。潤んだ目が輝く美しいマギーを見下ろし、化粧が落とされていることに気づいてトマソは喜んだ。

「今夜のきみは実に美しかったけど、なんの飾りもつけていないきみのほうが好きだ」トマソの声がかすれた。どう表現していいかわからない感情で胸がいっぱいだったのだ。

「ありがとう」例の笑みがまたマギーの顔に浮かんでいる。眠そうな笑みだが、相変わらずトマソの胸を揺さぶった。

「僕にとって最高の人だ」

「あなたも最高よ」

マギーにふさわしい言葉をトマソはどうにか告げようとしていた。そんな思いが自分の心のなかにあり、声に出して言いたがっているとは気づきもしなかった。今夜、純粋な愛が輝いているマギーの顔を見下ろして、気づいたのだ。なんの見返りも求めずにマギーがさしだしてくれた愛を。自分の愛を受けとる女性として彼女がどんなにふさわしいか、トマソははっきりと悟った。

これまで愛はある種の幻だと思っていた。弱さのあかしで、そんなものに屈したくはないと。

だが今ではわかっている。愛することは弱さの証拠ではない。愛には力がある。マギーが持っていたように。愛には勇気が必要だし、自分は何ものも恐れない男だ。

「六年前、僕はきみを愛していた。なのに、愚かすぎてそれに気づかなかった」

マギーは目を見開き、起きあがってシーツを握りしめた。「なんですって?」

「きみが僕の生活を完璧《かんぺき》にしてくれたのを当然だと受け止めていた。リアナに出会ったとき、僕はきみの拒絶に傷ついたが、友情を維持しようとも決めた。

きみにも僕にもそれが最善だろうと。リアナの美しさに惹《ひ》かれたことは否定しないよ。でも、家政婦を辞めるときみが言ったときは、本当に打ちのめされた。きみを行かせなければ、リアナとの約束も危ういものになると、心のどこかで思っていたんだ。僕は未熟で、わかっていなかった。リアナへの感情が愛ではないことを」

「違ったの？」

「ああ。僕はきみを愛していたんだ。ほかの女性を愛せるはずがないだろう？　リアナに対する僕の気持ちが愛じゃないことを、彼女は感じたのかもしれない。だから僕の家族とあれほど距離を置いたとも考えられる。でも、とにかくわかっているのは、仕事をしているときリアナを全然恋しいと思わなかったことだ。きみのことは恋しくてたまらない。オフィスで一日働くだけでも、きみや子供たちと家にいられたらと思ってしまう」

「私……」言うべき言葉が見つからず、マギーの声は尻つぼみに消えた。

「あの晩、初めてきみのベッドに入ったとき……無意識の願いがかなった気がした。それでたったひとつわかったのは、ようやくきみを本当の場所にとり戻せたということだった。きみをそばに置くためなら、なんでもしようと思った」

「あなた、私を愛していないと言ったのに……」

「僕はまた愚かなまねをしたんだ。六年たってもあまり学んでいなかったんだな」

「自分の気持ちにいつ気づいたの？」

「きみがテレーザとナッソーへ行ったとき。きみへの思いが、体だけの情熱と友情がまじったものよりはるかに強いと気づいた。きみが恋しくて、電話で話したくてたまらなかった。子供のためにきみと結婚するのかとクラウディオにきかれて、自分のためだと答えた。そのとたん、それが本心だとわかったんだ。でも、今夜までは自分の感情をどう呼んでいいかわからなかった……きみがほほ笑んだとき、心から願った。ここへきみを連れてきて歓喜の叫びをあげさせるまで愛しあいたいと」

マギーの目がトマソの目を探り見た。「それは欲望よ。愛ではないわ」

「欲望も情熱も愛の一部だ。男にはよく理解できる。だが深い愛情となると、なかなかわからない」

「あなたは深い愛情を感じているの？」

「あまりにも感じすぎて、きみを失ったら死んでしまいそうだ」

美しいグレーの目に涙がこみあげたが、マギーはほほ笑んだ。「私を失うことは絶対にないわ」

「僕はいつもきみのそばにいるよ」

「死がふたりを分かつまでね」

「ああ、死ぬまで……」トマソは自分を抑えきれず、彼女にキスをした。

いつものようにマギーはとろけそうになった。トマソのキスに応《こた》え、惜しげなく自分をさしだす。なじみのないものが目の奥を熱くさせるのを感じて、トマソは驚いた。

「愛している」数分後、マギーとひとつになったトマソは彼女の唇にささやいた。

「私も愛しているわ」きっぱりと言うマギーの声を聞いて、トマソの魂は揺さぶられた。

彼女はかけがえのない人だ。マギーに出会えたことを神に感謝し、彼女への強い愛を生涯にわたって示していこう。トマソは心に誓った。

ハーレクイン®

ハーレクイン・ロマンス　2007年7月刊（R-2208）

プリンスの甘い罠

2024年4月5日発行

著　　者　ルーシー・モンロー
訳　　者　青海まこ（おうみ　まこ）

発 行 人　鈴木幸辰
発 行 所　株式会社ハーパーコリンズ・ジャパン
東京都千代田区大手町 1-5-1
電話 04-2951-2000（注文）
0570-008091（読者サービス係）

印刷・製本　大日本印刷株式会社
東京都新宿区市谷加賀町 1-1-1

ISBN978-4-596-53793-5 C0297

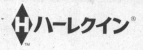

ハーレクイン・シリーズ 4月5日刊 発売中

ハーレクイン・ロマンス

愛の激しさを知る

星影の大富豪との夢一夜	キム・ローレンス／岬　一花 訳	R-3861
家なきウエイトレスの純情 《純潔のシンデレラ》	ハイディ・ライス／雪美月志音 訳	R-3862
プリンスの甘い罠 《伝説の名作選》	ルーシー・モンロー／青海まこ 訳	R-3863
禁じられた恋人 《伝説の名作選》	ミランダ・リー／山田理香 訳	R-3864

ハーレクイン・イマージュ

ピュアな思いに満たされる

億万長者の知らぬ間の幼子	ピッパ・ロスコー／中野　恵 訳	I-2797
イタリア大富豪と日陰の妹 《至福の名作選》	レベッカ・ウインターズ／大谷真理子 訳	I-2798

ハーレクイン・マスターピース

世界に愛された作家たち
～永久不滅の銘作コレクション～

思いがけない婚約 《特選ペニー・ジョーダン》	ペニー・ジョーダン／春野ひろこ 訳	MP-91

ハーレクイン・ヒストリカル・スペシャル

華やかなりし時代へ誘う

伯爵と灰かぶり花嫁の恋	エレノア・ウェブスター／藤倉詩音 訳	PHS-324
薔薇のレディと醜聞	キャロル・モーティマー／古沢絵里 訳	PHS-325

ハーレクイン・プレゼンツ作家シリーズ別冊

魅惑のテーマが光る
極上セレクション

愛は命がけ	リンダ・ハワード／霜月　桂 訳	PB-382

※予告なく発売日・刊行タイトルが変更になる場合がございます。ご了承ください。

4月2日発売 ハーレクイン・シリーズ 4月20日刊

ハーレクイン・ロマンス

愛の激しさを知る

傲慢富豪の父親修行	ジュリア・ジェイムズ／悠木美桜 訳	R-3865
五日間で宿った永遠 《純潔のシンデレラ》	アニー・ウエスト／上田なつき 訳	R-3866
君を取り戻すまで 《伝説の名作選》	ジャクリーン・バード／三好陽子 訳	R-3867
ギリシア海運王の隠された双子 《伝説の名作選》	ペニー・ジョーダン／柿原日出子 訳	R-3868

ハーレクイン・イマージュ

ピュアな思いに満たされる

瞳の中の切望 《至福の名作選》	ジェニファー・テイラー／山本瑠美子 訳	I-2799
ギリシア富豪と契約妻の約束	ケイト・ヒューイット／堺谷ますみ 訳	I-2800

ハーレクイン・マスターピース

世界に愛された作家たち
～永久不滅の銘作コレクション～

いくたびも夢の途中で 《ベティ・ニールズ・コレクション》	ベティ・ニールズ／細郷妙子 訳	MP-92

ハーレクイン・プレゼンツ作家シリーズ別冊

魅惑のテーマが光る
極上セレクション

熱い闇	リンダ・ハワード／上村悦子 訳	PB-383

ハーレクイン・スペシャル・アンソロジー

小さな愛のドラマを花束にして…

甘く、切なく、じれったく 《スター作家傑作選》	ダイアナ・パーマー 他／松村和紀子 訳	HPA-57

文庫サイズ作品のご案内

◆ハーレクイン文庫…………………毎月1日刊行
◆ハーレクインSP文庫…………毎月15日刊行
◆mirabooks……………………毎月15日刊行

※文庫コーナーでお求めください。